Jérôme Hamon

Lena Sayaphoum

Emma et Capucine

4. La raison du cœur

DARGAUD
BENELUX

Un énorme merci à Jérôme et à toute l'équipe de Dargaud pour leur soutien,
à mon mari pour son aide qui m'a permis de finir ce tome,
à tous les professeurs de danse de Vancouver, Marc Generoso, CJ Damaso
et Richie Lubaton, pour leur énergie et leurs superbes chorégraphies,
et à vous, lecteurs, qui nous permettez de continuer cette belle aventure.

Lena

Merci à Élisabeth Platel et à Astrid Boitel pour leur soutien et leurs conseils.
Merci à Lena, Valérie et Yves pour cette belle aventure.
Merci à Elgwen, Ewen, Amaé, Morgane et à Number Four.
Et merci à toi, papa, pour tous les moments qu'on a passés ensemble.
C'était chouette de grandir à tes côtés.

Jérôme

Conception graphique et direction artistique : Philippe Ravon

PEFC-Certifié
Ce produit est issu de forêts gérées durablement et de sources contrôlées.
PEFC/07-31-184
www.pefc.org

www.dargaud.com

PREMIÈRE ÉDITION

Achevé d'imprimer en août 2019 • Dépôt légal : septembre 2019
D/2019/0086/341 • ISBN 978-2-5050-7530-1
Imprimé et relié en Belgique par LESAFFRE, Rue de la Borgnette 19, 7500 Tournai

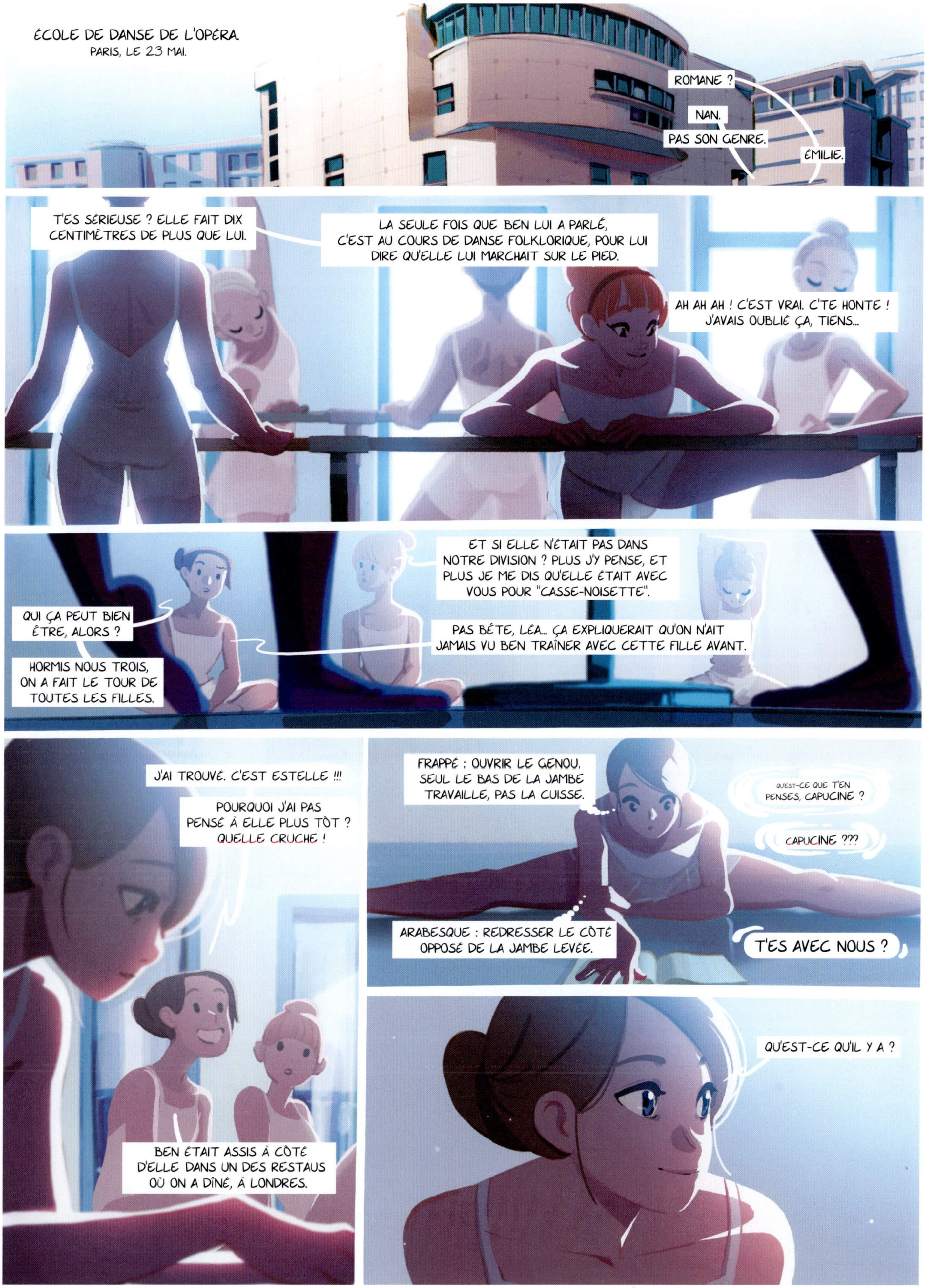
ÉCOLE DE DANSE DE L'OPÉRA.
PARIS, LE 23 MAI.
ROMANE ?
NAN.
PAS SON GENRE.
ÉMILIE.
T'ES SÉRIEUSE ? ELLE FAIT DIX CENTIMÈTRES DE PLUS QUE LUI.
LA SEULE FOIS QUE BEN LUI A PARLÉ, C'EST AU COURS DE DANSE FOLKLORIQUE, POUR LUI DIRE QU'ELLE LUI MARCHAIT SUR LE PIED.
AH AH AH ! C'EST VRAI. C'TE HONTE ! J'AVAIS OUBLIÉ ÇA, TIENS...
ET SI ELLE N'ÉTAIT PAS DANS NOTRE DIVISION ? PLUS J'Y PENSE, ET PLUS JE ME DIS QU'ELLE ÉTAIT AVEC VOUS POUR "CASSE-NOISETTE".
QUI ÇA PEUT BIEN ÊTRE, ALORS ?
HORMIS NOUS TROIS, ON A FAIT LE TOUR DE TOUTES LES FILLES.
PAS BÊTE, LÉA... ÇA EXPLIQUERAIT QU'ON N'AIT JAMAIS VU BEN TRAÎNER AVEC CETTE FILLE AVANT.
J'AI TROUVÉ. C'EST ESTELLE !!!
POURQUOI J'AI PAS PENSÉ À ELLE PLUS TÔT ? QUELLE CRUCHE !
BEN ÉTAIT ASSIS À CÔTÉ D'ELLE DANS UN DES RESTAUS OÙ ON A DÎNÉ, À LONDRES.
FRAPPÉ : OUVRIR LE GENOU. SEUL LE BAS DE LA JAMBE TRAVAILLE, PAS LA CUISSE.
QU'EST-CE QUE T'EN PENSES, CAPUCINE ?
CAPUCINE ???
ARABESQUE : REDRESSER LE CÔTÉ OPPOSÉ DE LA JAMBE LEVÉE.
T'ES AVEC NOUS ?
QU'EST-CE QU'IL Y A ?

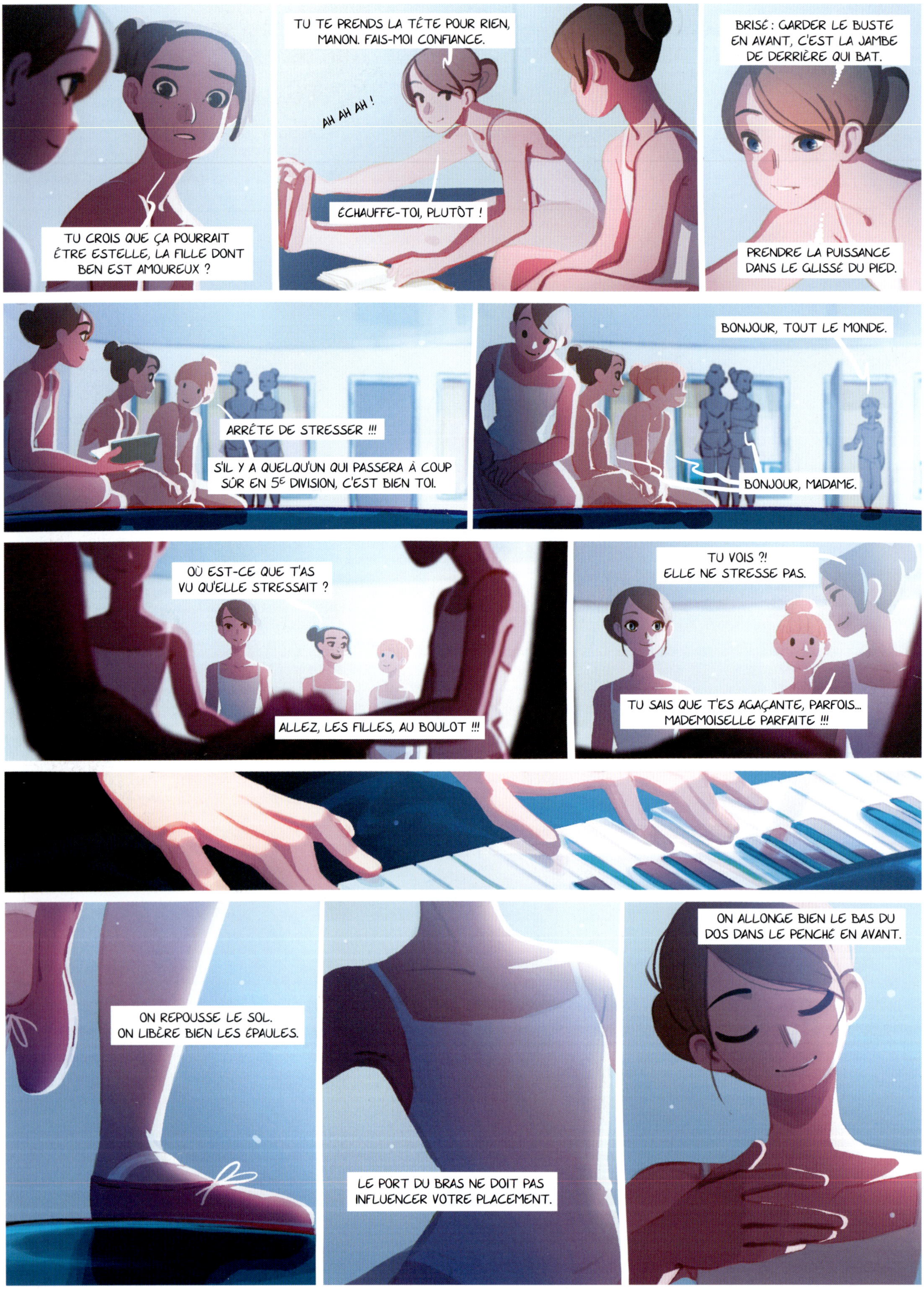
TU CROIS QUE ÇA POURRAIT ÊTRE ESTELLE, LA FILLE DONT BEN EST AMOUREUX ?
TU TE PRENDS LA TÊTE POUR RIEN, MANON. FAIS-MOI CONFIANCE.
AH AH AH !
ÉCHAUFFE-TOI, PLUTÔT !
BRISÉ : GARDER LE BUSTE EN AVANT, C'EST LA JAMBE DE DERRIÈRE QUI BAT.
PRENDRE LA PUISSANCE DANS LE GLISSÉ DU PIED.
ARRÊTE DE STRESSER !!!
S'IL Y A QUELQU'UN QUI PASSERA À COUP SÛR EN 5E DIVISION, C'EST BIEN TOI.
BONJOUR, TOUT LE MONDE.
BONJOUR, MADAME.
OÙ EST-CE QUE T'AS VU QU'ELLE STRESSAIT ?
ALLEZ, LES FILLES, AU BOULOT !!!
TU VOIS ?! ELLE NE STRESSE PAS.
TU SAIS QUE T'ES AGAÇANTE, PARFOIS... MADEMOISELLE PARFAITE !!!
ON REPOUSSE LE SOL. ON LIBÈRE BIEN LES ÉPAULES.
LE PORT DU BRAS NE DOIT PAS INFLUENCER VOTRE PLACEMENT.
ON ALLONGE BIEN LE BAS DU DOS DANS LE PENCHÉ EN AVANT.

* JAMBE SERVANT D'APPUI SUR LE SOL.

BIEN. MAINTENANT, ON VA ABORDER LE DERNIER PAS QUE VOUS DEVEZ MAÎTRISER POUR L'EXAMEN DE FIN D'ANNÉE...
... LA PIROUETTE.
PREMIER GROUPE.
ON OUVRE LE GENOU DANS LA PIROUETTE.
C'EST PAS MAL, LES FILLES, ON CONTINUE.
DEUXIÈME GROUPE.
NE FERMEZ PAS L'ÉPAULE DROITE.
ON FIXE UN POINT ET ON NE LE LÂCHE PAS DES YEUX.
ALLEZ, ON RECOMMENCE.

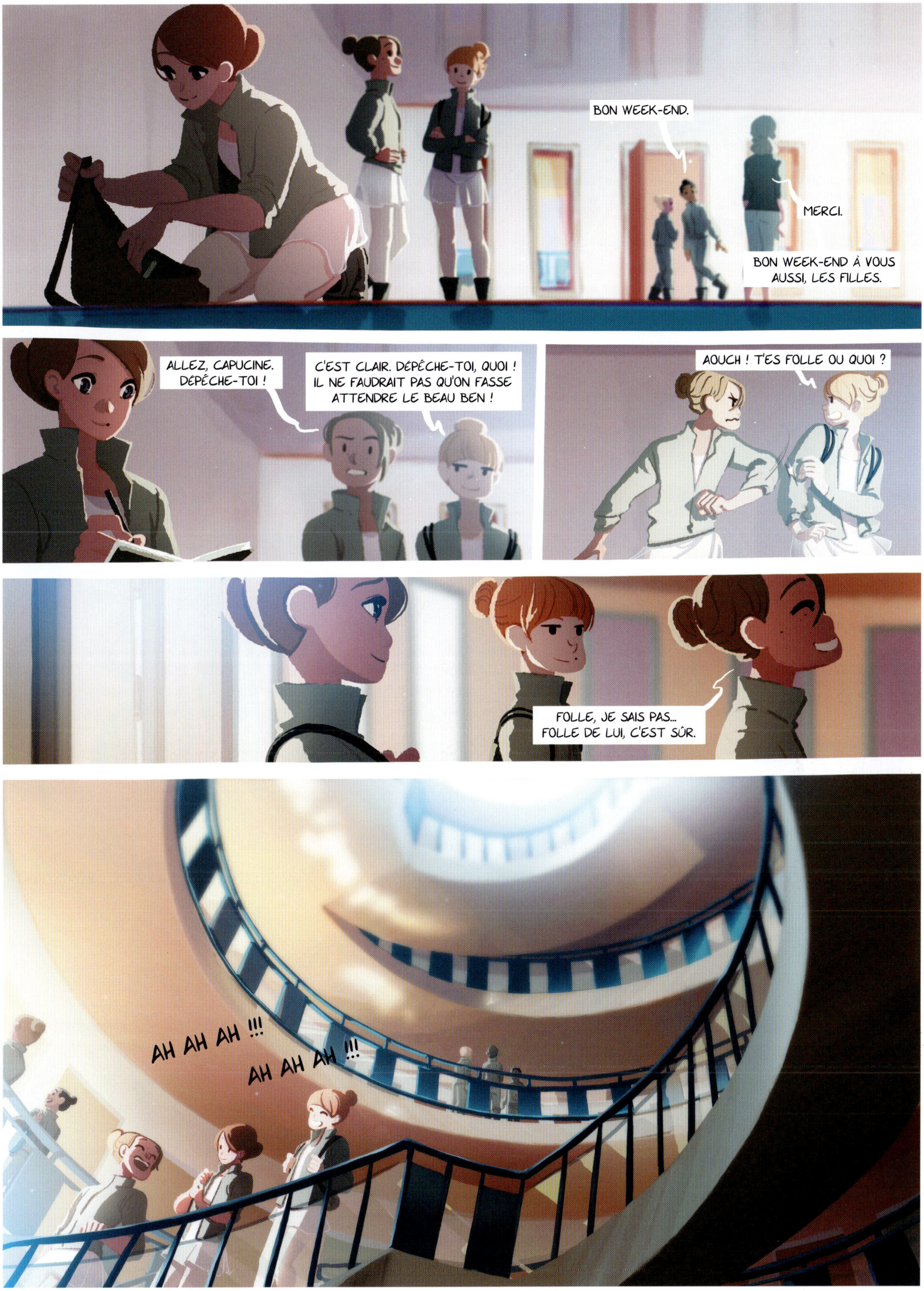
BON WEEK-END.
MERCI.
BON WEEK-END À VOUS AUSSI, LES FILLES.
ALLEZ, CAPUCINE. DÉPÊCHE-TOI !
C'EST CLAIR. DÉPÊCHE-TOI, QUOI ! IL NE FAUDRAIT PAS QU'ON FASSE ATTENDRE LE BEAU BEN !
AOUCH ! T'ES FOLLE OU QUOI ?
FOLLE, JE SAIS PAS... FOLLE DE LUI, C'EST SÛR.
AH AH AH !!!
AH AH AH !!!

STUDIO 9.
VOILÀ CE QUE J'APPELLE OCCUPER L'ESPACE ! AVEC FLUIDITÉ ET STYLE, EN PLUS... PRENEZ-EN DE LA GRAINE !
CLAP CLAP CLAP !
COMMENT T'ARRIVES À TE REPÉRER DANS L'ESPACE MALGRÉ TON HANDICAP... ÇA RESTE UN MYSTÈRE POUR MOI.
CLAP CLAP CLAP !
CLAP CLAP CLAP !
JE N'AI PAS AUTANT DE MÉRITE QUE TU LE CROIS... J'ARRIVE À DEVINER LES FORMES, QUAND MÊME.
CLAP CLAP CLAP !

C'ÉTAIT IMPRESSIONNANT, EN TOUT CAS. BRAVO, TIM !!!
MERCI.
J'ESPÈRE QUE LES JURÉS DU HHI FRANCE VERRONT LES CHOSES COMME TOI, CETTE ANNÉE !
IL N'Y A PAS DE RAISON.
Ç'A ÉTÉ, TA CHEVILLE ?
NON, C'EST PAS ENCORE ÇA.
MINCE. J'ESPÈRE QUE ÇA RENTRERA DANS L'ORDRE AVANT LE CHAMPIONNAT.
OUAIS. JE T'AVOUE QUE J'Y CROIS PLUS TROP.
C'EST LA VIE... C'EST POUR LE RESTE DU GROUPE QUE ÇA M'ENNUIE, SURTOUT.
SI ON NE TROUVE PAS TRÈS VITE QUELQU'UN POUR ME REMPLACER, ILS PEUVENT DIRE ADIEU AU CHAMPIONNAT.
TU VAS RATER UN MOMENT MÉMORABLE ! T'ES SÛRE DE NE PAS VOULOIR VENIR AU CINÉ AVEC NOUS ?
CERTAINE ! J'AI HORREUR DES FILMS D'HORREUR...
TIENS, C'EST MARRANT !
C'EST PEUT-ÊTRE POUR ÇA QUE ÇA S'APPELLE COMME ÇA ?
COMME TU VOUDRAS... JE TE RACONTERAI !
AH AH AH... SANS FAÇON, JE T'ASSURE.
JE FILE.
JE VAIS RATER LA SÉANCE, SINON. À DEMAIN !!!
O.K., AMUSEZ-VOUS BIEN ! ENFIN, COMME ON PEUT S'AMUSER DEVANT UN FILM D'HORREUR, QUOI...
AH AH AH !

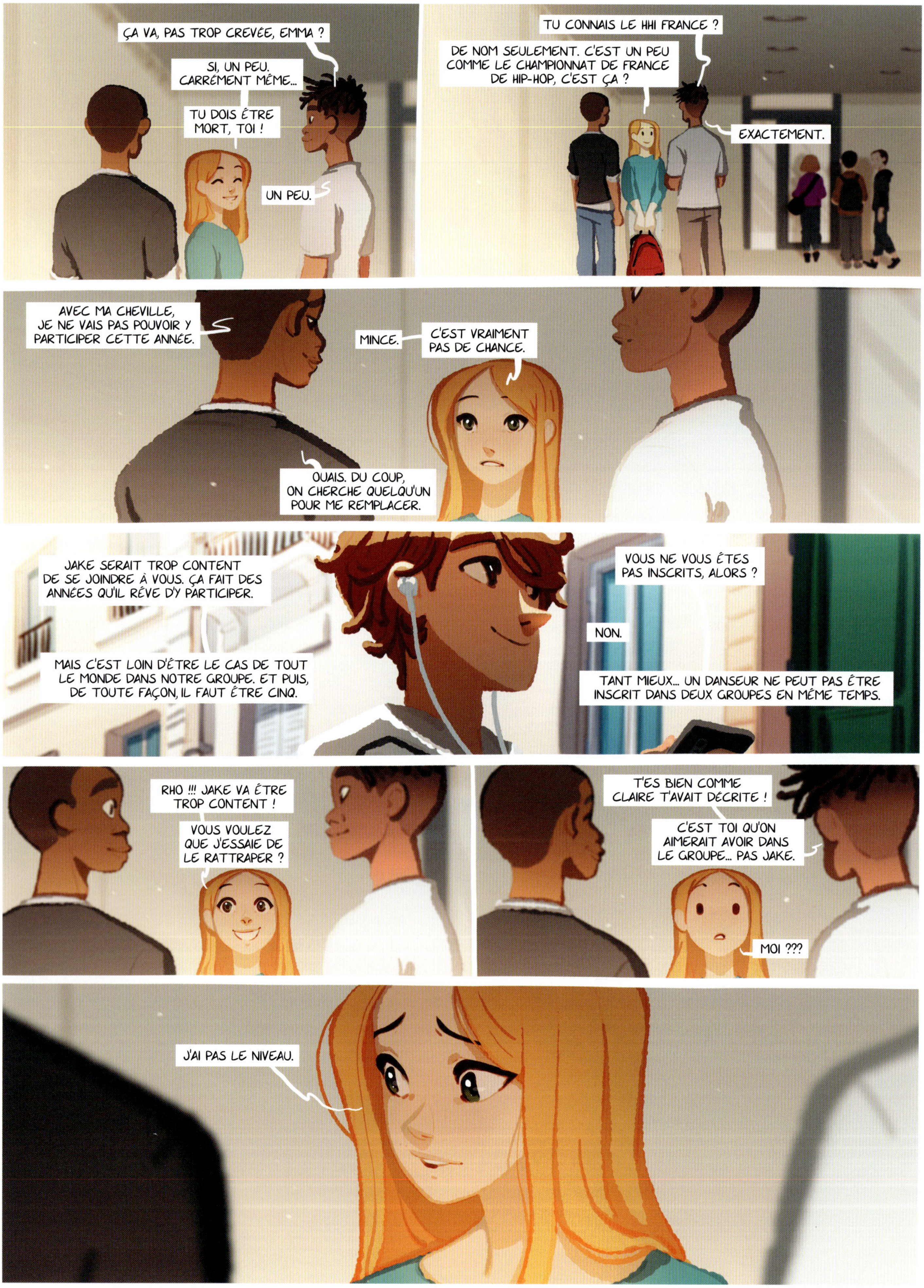
ÇA VA, PAS TROP CREVÉE, EMMA ?
SI, UN PEU. CARRÉMENT MÊME...
TU DOIS ÊTRE MORT, TOI !
UN PEU.
TU CONNAIS LE HHI FRANCE ?
DE NOM SEULEMENT. C'EST UN PEU COMME LE CHAMPIONNAT DE FRANCE DE HIP-HOP, C'EST ÇA ?
EXACTEMENT.
AVEC MA CHEVILLE, JE NE VAIS PAS POUVOIR Y PARTICIPER CETTE ANNÉE.
MINCE.
C'EST VRAIMENT PAS DE CHANCE.
OUAIS. DU COUP, ON CHERCHE QUELQU'UN POUR ME REMPLACER.
JAKE SERAIT TROP CONTENT DE SE JOINDRE À VOUS. ÇA FAIT DES ANNÉES QU'IL RÊVE D'Y PARTICIPER.
MAIS C'EST LOIN D'ÊTRE LE CAS DE TOUT LE MONDE DANS NOTRE GROUPE. ET PUIS, DE TOUTE FAÇON, IL FAUT ÊTRE CINQ.
VOUS NE VOUS ÊTES PAS INSCRITS, ALORS ?
NON.
TANT MIEUX... UN DANSEUR NE PEUT PAS ÊTRE INSCRIT DANS DEUX GROUPES EN MÊME TEMPS.
RHO !!! JAKE VA ÊTRE TROP CONTENT !
VOUS VOULEZ QUE J'ESSAIE DE LE RATTRAPER ?
T'ES BIEN COMME CLAIRE T'AVAIT DÉCRITE !
C'EST TOI QU'ON AIMERAIT AVOIR DANS LE GROUPE... PAS JAKE.
MOI ???
J'AI PAS LE NIVEAU.

AH AH AH !
SI, CARRÉMENT. ÇA CRÈVE LES YEUX, MÊME.
MAIS SI T'AS BESOIN DE ÇA COMME EXCUSE POUR REFUSER L'OFFRE, IL N'Y A PAS DE SOUCI...
J'AI PAS DIT ÇA NON PLUS.
JE RECONNAIS QUE JE SUIS FLATTÉE.
ET ÇA ME TENTE BIEN, C'EST SÛR. MAIS EN MÊME TEMPS, JE SUIS DÉJÀ DANS UN GROUPE...
JE COMPRENDS. MAIS ON NE TE DEMANDE PAS DE QUITTER TON GROUPE, HEIN !
TU NOUS REJOINDRAIS POUR QUELQUES SEMAINES, LE TEMPS DU CHAMPIONNAT, ET TU RETROUVERAIS TON GROUPE APRÈS.
À TOI DE VOIR...
TIENS, VOILÀ MON NUMÉRO DE TÉLÉPHONE.
SI TU PEUX NOUS DONNER UNE RÉPONSE ASSEZ VITE, CE SERAIT SUPER.
JE SUIS DÉSOLÉ DE TE METTRE LA PRESSION, HEIN !
MAIS LA COMPÉTITION DÉBUTE DANS DEUX SEMAINES. ON EST VRAIMENT À LA BOURRE...
J'ACCEPTE !
GÉNIAL !
PREMIER ENTRAÎNEMENT DEMAIN SOIR, 19 H, AU GARAGE BIRIEN, AVENUE JOFFRE.
C'EST LE GARAGE DE MON ONCLE. ÇA TE VA ?
O.K.
COMMENT JE VAIS ANNONCER ÇA AUX AUTRES ?

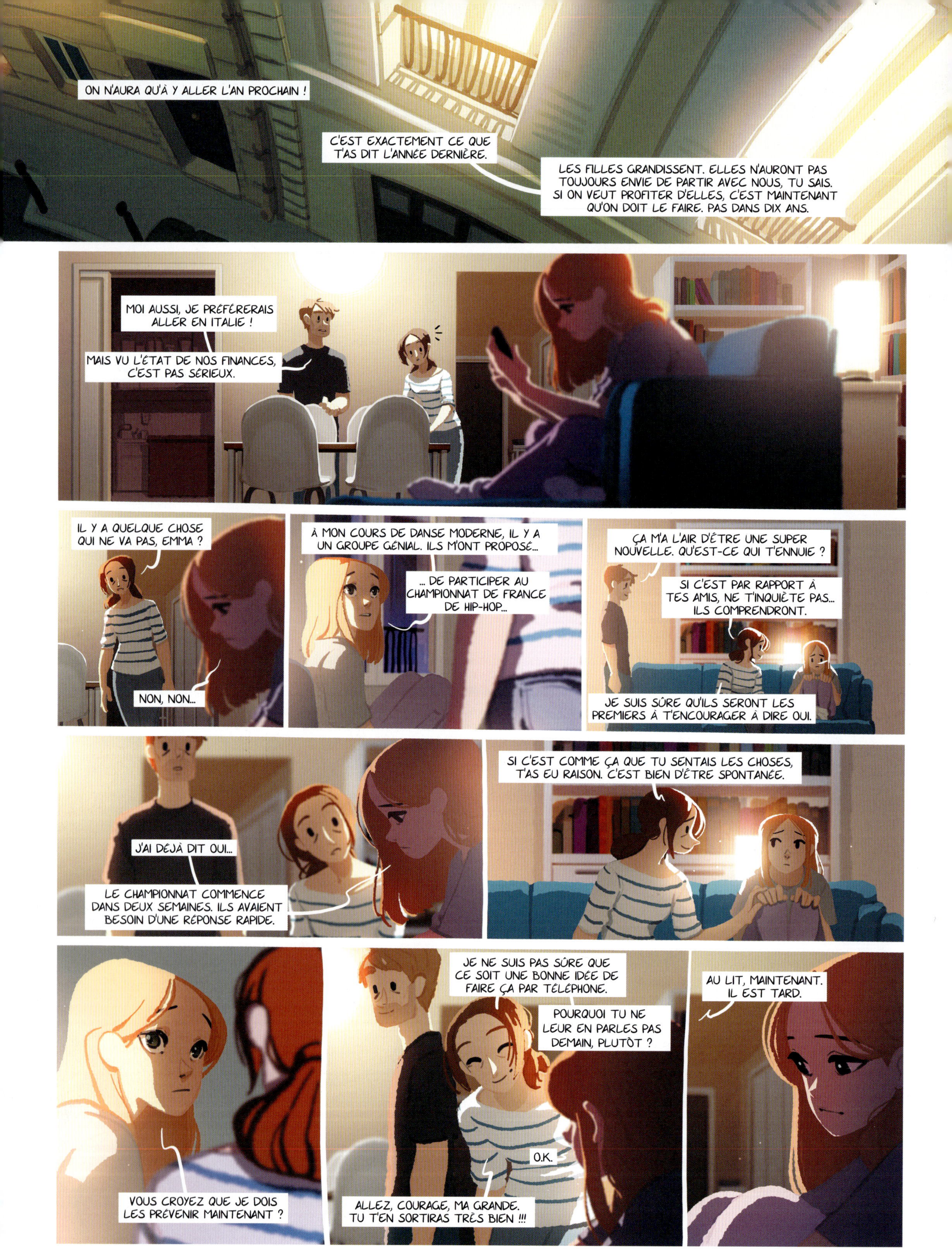
ON N'AURA QU'À Y ALLER L'AN PROCHAIN !
C'EST EXACTEMENT CE QUE T'AS DIT L'ANNÉE DERNIÈRE.
LES FILLES GRANDISSENT. ELLES N'AURONT PAS TOUJOURS ENVIE DE PARTIR AVEC NOUS, TU SAIS. SI ON VEUT PROFITER D'ELLES, C'EST MAINTENANT QU'ON DOIT LE FAIRE. PAS DANS DIX ANS.
MOI AUSSI, JE PRÉFÉRERAIS ALLER EN ITALIE !
MAIS VU L'ÉTAT DE NOS FINANCES, C'EST PAS SÉRIEUX.
IL Y A QUELQUE CHOSE QUI NE VA PAS, EMMA ?
NON, NON...
À MON COURS DE DANSE MODERNE, IL Y A UN GROUPE GÉNIAL. ILS M'ONT PROPOSÉ...
... DE PARTICIPER AU CHAMPIONNAT DE FRANCE DE HIP-HOP...
ÇA M'A L'AIR D'ÊTRE UNE SUPER NOUVELLE. QU'EST-CE QUI T'ENNUIE ?
SI C'EST PAR RAPPORT À TES AMIS, NE T'INQUIÈTE PAS... ILS COMPRENDRONT.
JE SUIS SÛRE QU'ILS SERONT LES PREMIERS À T'ENCOURAGER À DIRE OUI.
J'AI DÉJÀ DIT OUI...
LE CHAMPIONNAT COMMENCE DANS DEUX SEMAINES. ILS AVAIENT BESOIN D'UNE RÉPONSE RAPIDE.
SI C'EST COMME ÇA QUE TU SENTAIS LES CHOSES, T'AS EU RAISON. C'EST BIEN D'ÊTRE SPONTANÉE.
VOUS CROYEZ QUE JE DOIS LES PRÉVENIR MAINTENANT ?
JE NE SUIS PAS SÛRE QUE CE SOIT UNE BONNE IDÉE DE FAIRE ÇA PAR TÉLÉPHONE.
POURQUOI TU NE LEUR EN PARLES PAS DEMAIN, PLUTÔT ?
O.K.
ALLEZ, COURAGE, MA GRANDE. TU T'EN SORTIRAS TRÈS BIEN !!!
AU LIT, MAINTENANT. IL EST TARD.

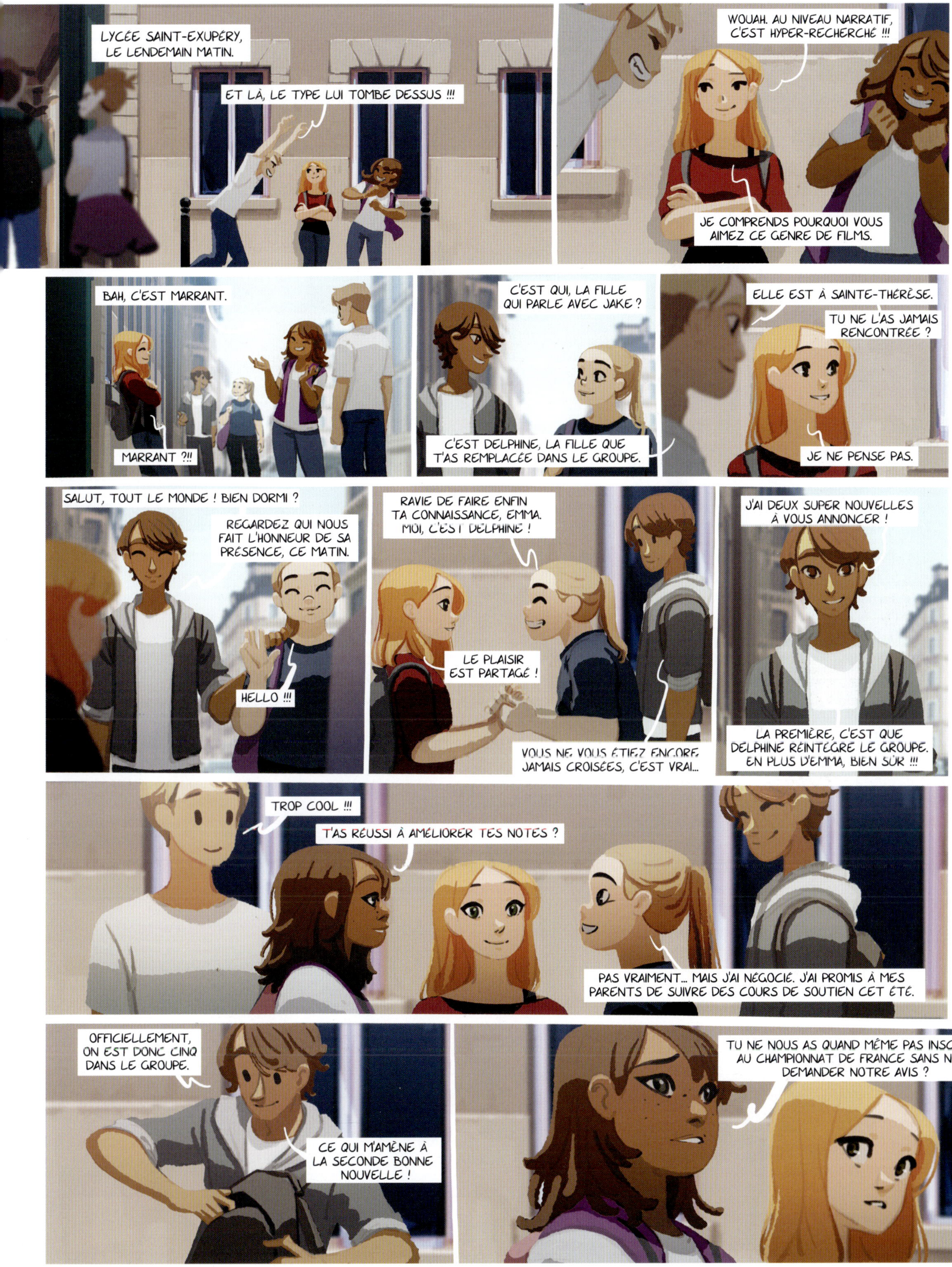
LYCÉE SAINT-EXUPÉRY, LE LENDEMAIN MATIN.
ET LÀ, LE TYPE LUI TOMBE DESSUS !!!
WOUAH. AU NIVEAU NARRATIF, C'EST HYPER-RECHERCHÉ !!!
JE COMPRENDS POURQUOI VOUS AIMEZ CE GENRE DE FILMS.
BAH, C'EST MARRANT.
MARRANT ?!!
C'EST QUI, LA FILLE QUI PARLE AVEC JAKE ?
C'EST DELPHINE, LA FILLE QUE T'AS REMPLACÉE DANS LE GROUPE.
ELLE EST À SAINTE-THÉRÈSE.
TU NE L'AS JAMAIS RENCONTRÉE ?
JE NE PENSE PAS.
SALUT, TOUT LE MONDE ! BIEN DORMI ?
REGARDEZ QUI NOUS FAIT L'HONNEUR DE SA PRÉSENCE, CE MATIN.
HELLO !!!
RAVIE DE FAIRE ENFIN TA CONNAISSANCE, EMMA. MOI, C'EST DELPHINE !
LE PLAISIR EST PARTAGÉ !
VOUS NE VOUS ÉTIEZ ENCORE JAMAIS CROISÉES, C'EST VRAI...
J'AI DEUX SUPER NOUVELLES À VOUS ANNONCER !
LA PREMIÈRE, C'EST QUE DELPHINE RÉINTÈGRE LE GROUPE. EN PLUS D'EMMA, BIEN SÛR !!!
TROP COOL !!!
T'AS RÉUSSI À AMÉLIORER TES NOTES ?
PAS VRAIMENT... MAIS J'AI NÉGOCIÉ. J'AI PROMIS À MES PARENTS DE SUIVRE DES COURS DE SOUTIEN CET ÉTÉ.
OFFICIELLEMENT, ON EST DONC CINQ DANS LE GROUPE.
CE QUI M'AMÈNE À LA SECONDE BONNE NOUVELLE !
TU NE NOUS AS QUAND MÊME PAS INSCRITS AU CHAMPIONNAT DE FRANCE SANS NOUS DEMANDER NOTRE AVIS ?

EUH... SI...
COMMENT T'ABUSES !
J'AURAIS DÛ VOUS PRÉVENIR, C'EST SÛR... MAIS J'AVAIS PAS LE CHOIX !
SI J'AVAIS ATTENDU LA RÉPONSE DES PARENTS DE DELPHINE, ON RATAIT LA DATE LIMITE D'INSCRIPTION.
TSSS, TSSS. C'EST PAS UNE RAISON, ÇA. T'AURAIS DÛ NOUS DEMANDER NOTRE AVIS.
CE QUI COMPTE, C'EST QU'ON SOIT INSCRITS, NAN ?
À NOUS LA MÉDAILLE D'OR DU CHAMPIONNAT DE FRANCE, LES FILLES !!!
WAHOOO !!!
DRIINNNNGGGGG
IL SERAIT TEMPS QUE TU TE FASSES UNE RAISON, NOS STYLES SONT TROP DIFFÉRENTS... ON N'A AUCUNE CHANCE.
NAN. LE CHAMPIONNAT DE FRANCE EST DIFFÉRENT DE TOUT CE QU'ON A FAIT JUSQU'À PRÉSENT. C'EST MÊME INSCRIT DANS LEUR RÈGLEMENT. ÉCOUTE ÇA.
"LES CHORÉGRAPHIES HIP-HOP LES PLUS CAPTIVANTES SONT LE FRUIT D'UNE DIVERSITÉ DE STYLES DE DANSE, DE MOUVEMENTS ORIGINAUX, ET D'UNE MISE EN SCÈNE INVENTIVE..."

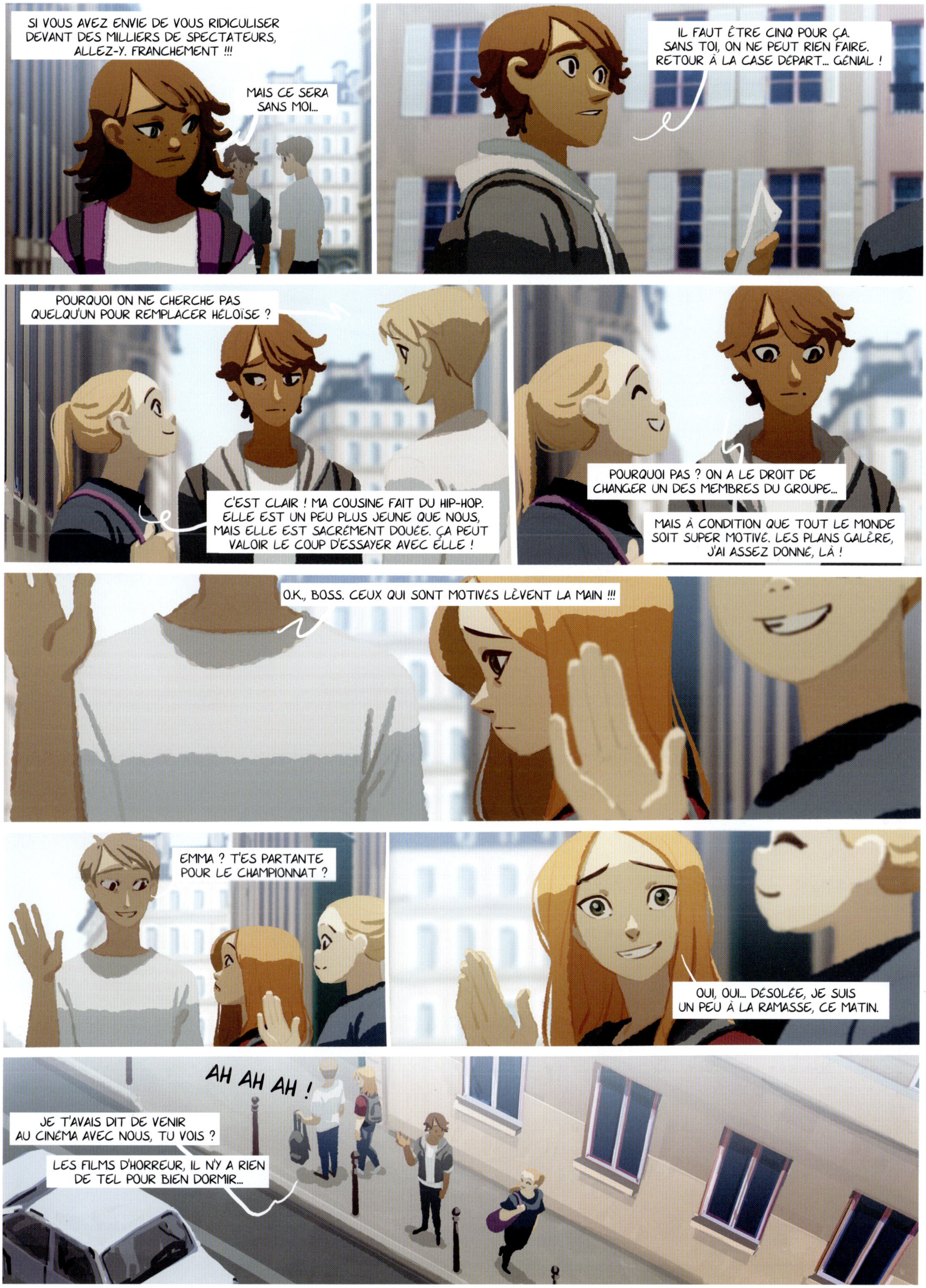
SI VOUS AVEZ ENVIE DE VOUS RIDICULISER DEVANT DES MILLIERS DE SPECTATEURS, ALLEZ-Y. FRANCHEMENT !!!
MAIS CE SERA SANS MOI...
IL FAUT ÊTRE CINQ POUR ÇA. SANS TOI, ON NE PEUT RIEN FAIRE. RETOUR À LA CASE DÉPART... GÉNIAL !
POURQUOI ON NE CHERCHE PAS QUELQU'UN POUR REMPLACER HÉLOÏSE ?
C'EST CLAIR ! MA COUSINE FAIT DU HIP-HOP. ELLE EST UN PEU PLUS JEUNE QUE NOUS, MAIS ELLE EST SACRÉMENT DOUÉE. ÇA PEUT VALOIR LE COUP D'ESSAYER AVEC ELLE !
POURQUOI PAS ? ON A LE DROIT DE CHANGER UN DES MEMBRES DU GROUPE...
MAIS À CONDITION QUE TOUT LE MONDE SOIT SUPER MOTIVÉ. LES PLANS GALÈRE, J'AI ASSEZ DONNÉ, LÀ !
O.K., BOSS. CEUX QUI SONT MOTIVÉS LÈVENT LA MAIN !!!
EMMA ? T'ES PARTANTE POUR LE CHAMPIONNAT ?
OUI, OUI... DÉSOLÉE, JE SUIS UN PEU À LA RAMASSE, CE MATIN.
AH AH AH !
JE T'AVAIS DIT DE VENIR AU CINÉMA AVEC NOUS, TU VOIS ?
LES FILMS D'HORREUR, IL N'Y A RIEN DE TEL POUR BIEN DORMIR...

ÉCOLE DE DANSE DE L'OPÉRA.
AUJOURD'HUI, ON VA REVOIR LA CHAPELLOISE. QUELQU'UN PEUT ME RAPPELER POURQUOI ON APPELLE ÇA UN "MIXER" ?
... OUI, CAPUCINE ?
C'EST UNE DANSE DANS LAQUELLE ON CHANGE DE PARTENAIRE.
EXACTEMENT. ALLEZ, EN PLACE. DEUX PAR DEUX.
ATTENTION, IL FAUT QUE VOS DOIGTS ET VOS MAINS PUISSENT TOURNER.
BEN ! ARRÊTE DE ME REGARDER COMME ÇA...
JE NE VOIS AUCUN INCONVÉNIENT À CE QUE VOUS VOUS COURIEZ APRÈS, TOUS LES DEUX.
C'EST LA SAISON DES AMOURS, APRÈS TOUT. MAIS CE N'EST PAS L'ENDROIT POUR FAIRE ÇA.
JE VOUS INVITE DONC À LAISSER VOS HORMONES AU VESTIAIRE ET À VOUS CONCENTRER SUR VOS PAS.
C'EST PAS CE QUE TU CROIS.
C'EST TOI ?

JE PENSAIS QU'ON ÉTAIT AMIES.
COMMENT T'AS PU ME FAIRE ÇA ?
J'Y SUIS POUR RIEN, JE T'ASSURE.
ALLEZ, CAPUCINE, EN PLACE. ON N'ATTEND PLUS QUE TOI.
DÉSOLÉ. JE NE VOULAIS PAS...
T'Y ES POUR RIEN. C'EST DE MA FAUTE.

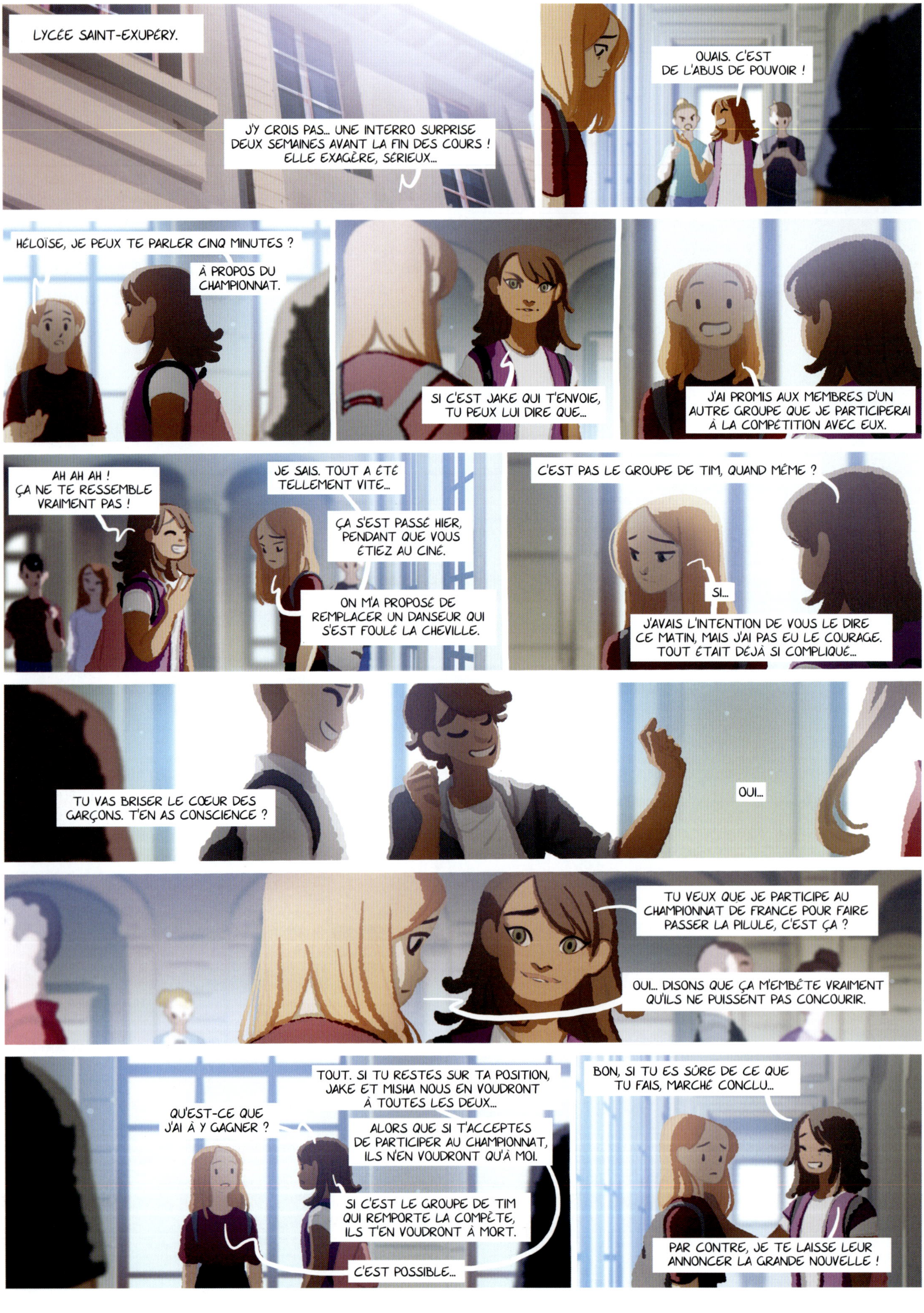
LYCÉE SAINT-EXUPÉRY.
J'Y CROIS PAS... UNE INTERRO SURPRISE DEUX SEMAINES AVANT LA FIN DES COURS ! ELLE EXAGÈRE, SÉRIEUX...
OUAIS. C'EST DE L'ABUS DE POUVOIR !
HÉLOÏSE, JE PEUX TE PARLER CINQ MINUTES ?
À PROPOS DU CHAMPIONNAT.
SI C'EST JAKE QUI T'ENVOIE, TU PEUX LUI DIRE QUE...
J'AI PROMIS AUX MEMBRES D'UN AUTRE GROUPE QUE JE PARTICIPERAI À LA COMPÉTITION AVEC EUX.
AH AH AH ! ÇA NE TE RESSEMBLE VRAIMENT PAS !
JE SAIS. TOUT A ÉTÉ TELLEMENT VITE...
ÇA S'EST PASSÉ HIER, PENDANT QUE VOUS ÉTIEZ AU CINÉ.
ON M'A PROPOSÉ DE REMPLACER UN DANSEUR QUI S'EST FOULÉ LA CHEVILLE.
C'EST PAS LE GROUPE DE TIM, QUAND MÊME ?
SI...
J'AVAIS L'INTENTION DE VOUS LE DIRE CE MATIN, MAIS J'AI PAS EU LE COURAGE. TOUT ÉTAIT DÉJÀ SI COMPLIQUÉ...
TU VAS BRISER LE CŒUR DES GARÇONS. T'EN AS CONSCIENCE ?
OUI...
TU VEUX QUE JE PARTICIPE AU CHAMPIONNAT DE FRANCE POUR FAIRE PASSER LA PILULE, C'EST ÇA ?
OUI... DISONS QUE ÇA M'EMBÊTE VRAIMENT QU'ILS NE PUISSENT PAS CONCOURIR.
QU'EST-CE QUE J'AI À Y GAGNER ?
TOUT. SI TU RESTES SUR TA POSITION, JAKE ET MISHA NOUS EN VOUDRONT À TOUTES LES DEUX...
ALORS QUE SI T'ACCEPTES DE PARTICIPER AU CHAMPIONNAT, ILS N'EN VOUDRONT QU'À MOI.
SI C'EST LE GROUPE DE TIM QUI REMPORTE LA COMPÈTE, ILS T'EN VOUDRONT À MORT.
C'EST POSSIBLE...
BON, SI TU ES SÛRE DE CE QUE TU FAIS, MARCHÉ CONCLU...
PAR CONTRE, JE TE LAISSE LEUR ANNONCER LA GRANDE NOUVELLE !

RAHHHHHHH !!!
C'EST PAS COMPLIQUÉ, POURTANT...
QU'EST-CE QUE JE NE FAIS PAS COMME LES AUTRES ?
BON...
LE POIDS DU CORPS SUR LES DEUX PIEDS, EN 4E POSITION.
ON PREND UN BON PLIÉ, POUR LA FORCE.
ON BAISSE LE BASSIN.
ON OUVRE BIEN LE GENOU.
ET ON... AAAHHHH !

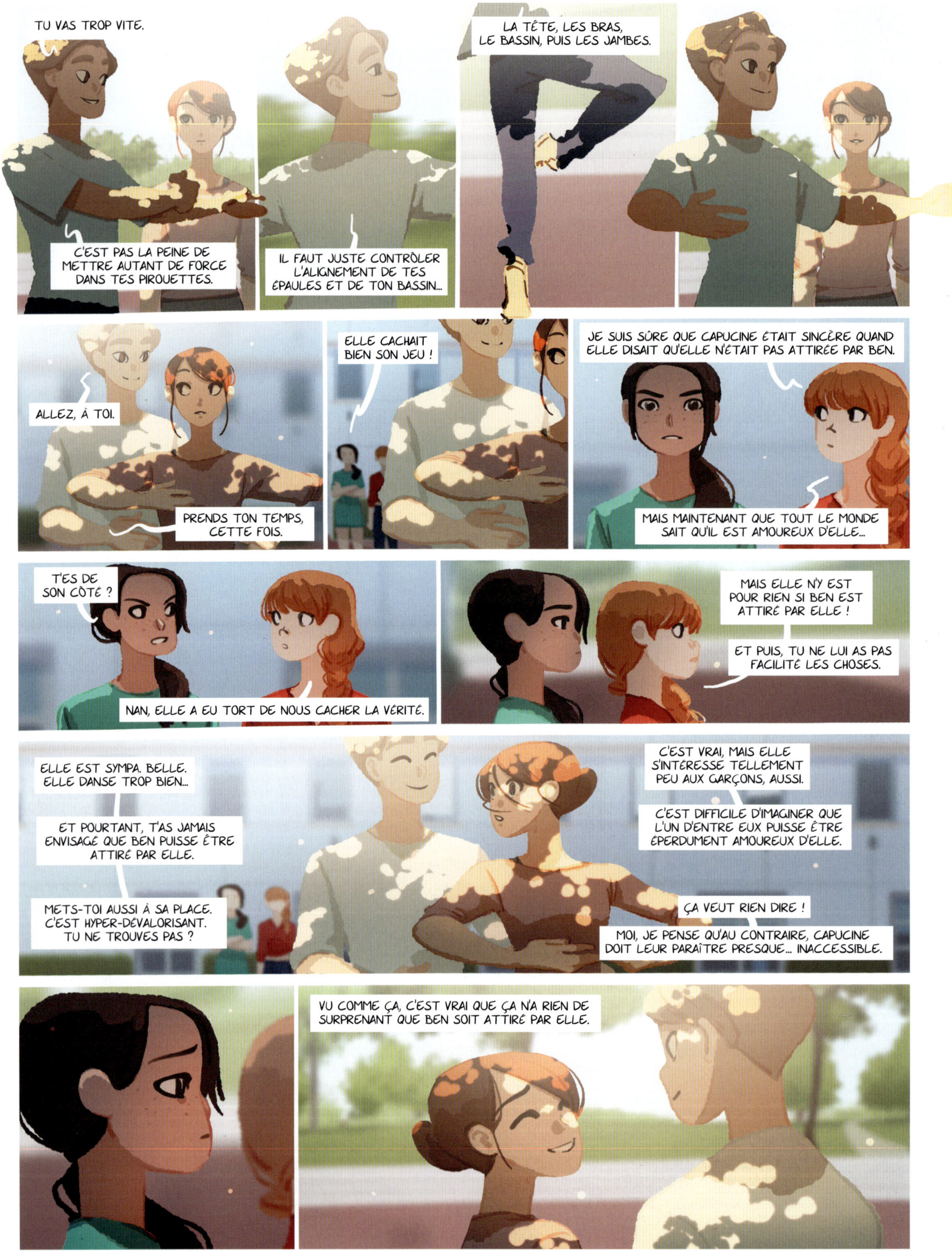
TU VAS TROP VITE.
C'EST PAS LA PEINE DE METTRE AUTANT DE FORCE DANS TES PIROUETTES.
IL FAUT JUSTE CONTRÔLER L'ALIGNEMENT DE TES ÉPAULES ET DE TON BASSIN...
LA TÊTE, LES BRAS, LE BASSIN, PUIS LES JAMBES.
ALLEZ, À TOI.
PRENDS TON TEMPS, CETTE FOIS.
ELLE CACHAIT BIEN SON JEU !
JE SUIS SÛRE QUE CAPUCINE ÉTAIT SINCÈRE QUAND ELLE DISAIT QU'ELLE N'ÉTAIT PAS ATTIRÉE PAR BEN.
MAIS MAINTENANT QUE TOUT LE MONDE SAIT QU'IL EST AMOUREUX D'ELLE...
T'ES DE SON CÔTÉ ?
NAN, ELLE A EU TORT DE NOUS CACHER LA VÉRITÉ.
MAIS ELLE N'Y EST POUR RIEN SI BEN EST ATTIRÉ PAR ELLE !
ET PUIS, TU NE LUI AS PAS FACILITÉ LES CHOSES.
ELLE EST SYMPA. BELLE. ELLE DANSE TROP BIEN...
ET POURTANT, T'AS JAMAIS ENVISAGÉ QUE BEN PUISSE ÊTRE ATTIRÉ PAR ELLE.
METS-TOI AUSSI À SA PLACE. C'EST HYPER-DÉVALORISANT. TU NE TROUVES PAS ?
C'EST VRAI, MAIS ELLE S'INTÉRESSE TELLEMENT PEU AUX GARÇONS, AUSSI.
C'EST DIFFICILE D'IMAGINER QUE L'UN D'ENTRE EUX PUISSE ÊTRE ÉPERDUMENT AMOUREUX D'ELLE.
ÇA VEUT RIEN DIRE !
MOI, JE PENSE QU'AU CONTRAIRE, CAPUCINE DOIT LEUR PARAÎTRE PRESQUE... INACCESSIBLE.
VU COMME ÇA, C'EST VRAI QUE ÇA N'A RIEN DE SURPRENANT QUE BEN SOIT ATTIRÉ PAR ELLE.

GYMNASE MARCEL CERDAN.
QUOI ???
MAIS POURQUOI ???
HELLO !!!
JE VOUS PRÉSENTE MA COUSINE : LOUP.
AVEC UN P. COMME L'ANIMAL !
ON ARRIVE À UN MAUVAIS MOMENT, PEUT-ÊTRE ?
NON, NON. VOUS TOMBEZ À PIC.
EMMA ÉTAIT JUSTE EN TRAIN DE NOUS DIRE QU'ELLE NE PARTICIPERA PAS AU CHAMPIONNAT AVEC NOUS. ET DU COUP, JE RESTE AVEC VOUS !
JE NE POUVAIS PAS SAVOIR QUE JAKE NOUS AVAIT INSCRITS...
J'AI DIT OUI À UN AUTRE GROUPE POUR LE DÉPANNER.
COMMENT TU PEUX PRÉFÉRER LE GROUPE DE TIM AU NÔTRE ?
ÇA N'A RIEN À VOIR AVEC ÇA. BIEN SÛR QUE JE PRÉFÈRE NOTRE GROUPE ! MAIS J'AI DONNÉ MA PAROLE À TIM.

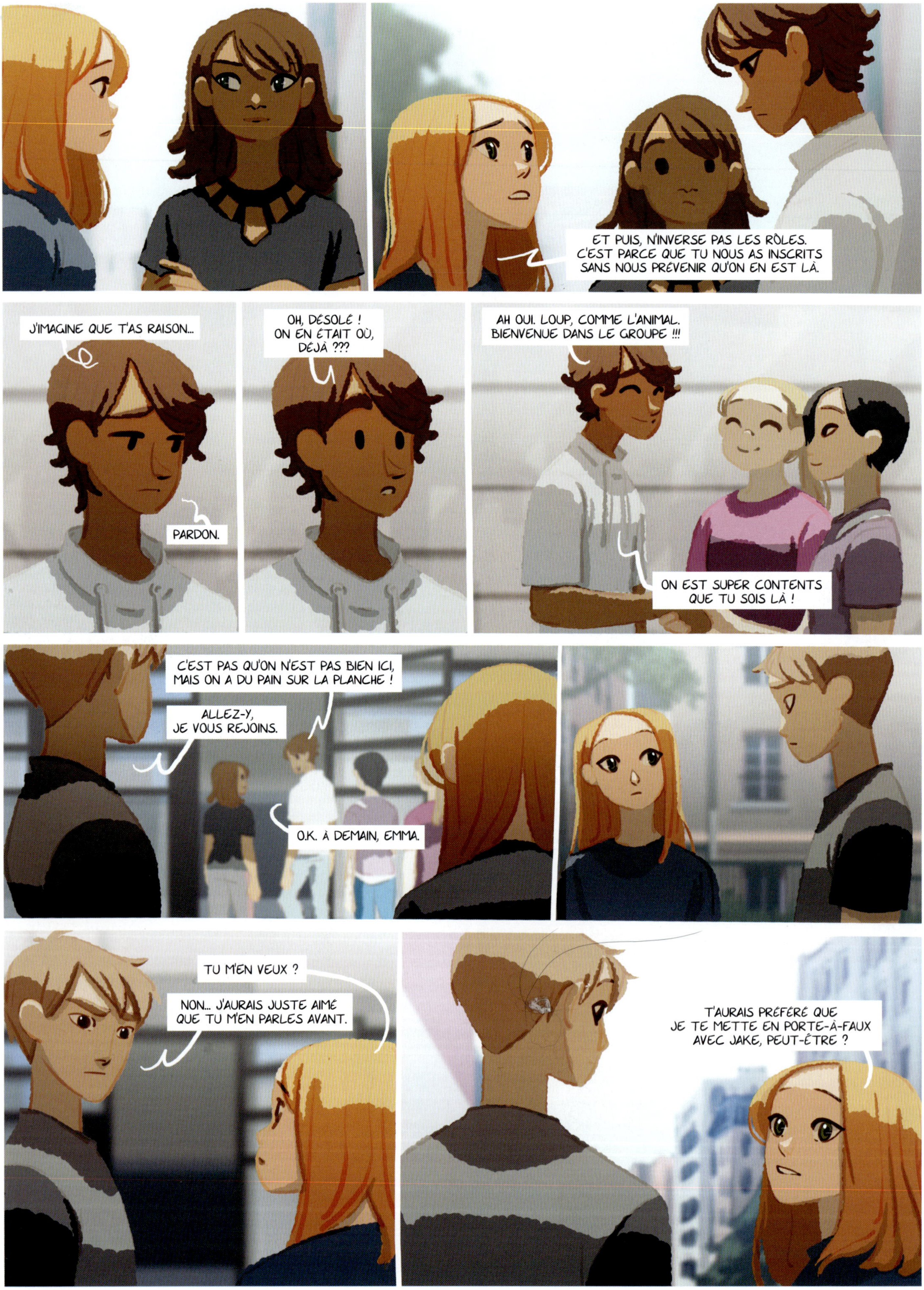
ET PUIS, N'INVERSE PAS LES RÔLES. C'EST PARCE QUE TU NOUS AS INSCRITS SANS NOUS PRÉVENIR QU'ON EN EST LÀ.
J'IMAGINE QUE T'AS RAISON...
PARDON.
OH, DÉSOLÉ ! ON EN ÉTAIT OÙ, DÉJÀ ???
AH OUI. LOUP, COMME L'ANIMAL. BIENVENUE DANS LE GROUPE !!!
ON EST SUPER CONTENTS QUE TU SOIS LÀ !
C'EST PAS QU'ON N'EST PAS BIEN ICI, MAIS ON A DU PAIN SUR LA PLANCHE !
ALLEZ-Y, JE VOUS REJOINS.
O.K. À DEMAIN, EMMA.
TU M'EN VEUX ?
NON... J'AURAIS JUSTE AIMÉ QUE TU M'EN PARLES AVANT.
T'AURAIS PRÉFÉRÉ QUE JE TE METTE EN PORTE-À-FAUX AVEC JAKE, PEUT-ÊTRE ?

CARRÉMENT !
AU MOINS, J'AURAIS EU L'IMPRESSION DE COMPTER POUR TOI !
IL FAUT QUE J'Y AILLE.
ON SE VOIT DEMAIN...
MAISON D'EMMA ET CAPUCINE.
BROOUUU...
BROOUUU...
PFFF... COMMENT PEUT-ELLE VIVRE DANS UN BAZAR PAREIL ?
J'AI PAS EU LE TEMPS DE RANGER. DÉSOLÉE, M'MAN !
AH, T'ES LÀ ! JE PENSAIS QUE T'ÉTAIS PARTIE, PARDON.

TU POURRAIS M'AIDER... MOI AUSSI, J'AIMERAIS FAIRE DES CHOSES POUR MOI, PARFOIS.
LAISSE, M'MAN, JE VAIS M'EN OCCUPER. VA PLUTÔT JOUER DU VIOLON !
C'EST PLUS IMPORTANT QUE D'AVOIR UNE MAISON NICKEL.
C'EST CE QUE JE CROIS AUSSI, MAIS JE SUIS INCAPABLE DE M'Y METTRE TANT QUE TOUT N'EST PAS EN ORDRE.
JE DOIS TENIR ÇA DE MA MÈRE...
ÇA VEUT DIRE QUE JE SERAI COMME ÇA PLUS TARD ?
T'AS FRANCHEMENT DE LA MARGE, NE T'INQUIÈTE PAS !
C'ÉTAIT PAS À 19 H, TA RÉPÉTITION AVEC TON NOUVEAU GROUPE ?
SI. MAIS JE NE VAIS PAS Y ALLER, FINALEMENT.
ÇA S'EST MAL PASSÉ AVEC TES AMIS ?

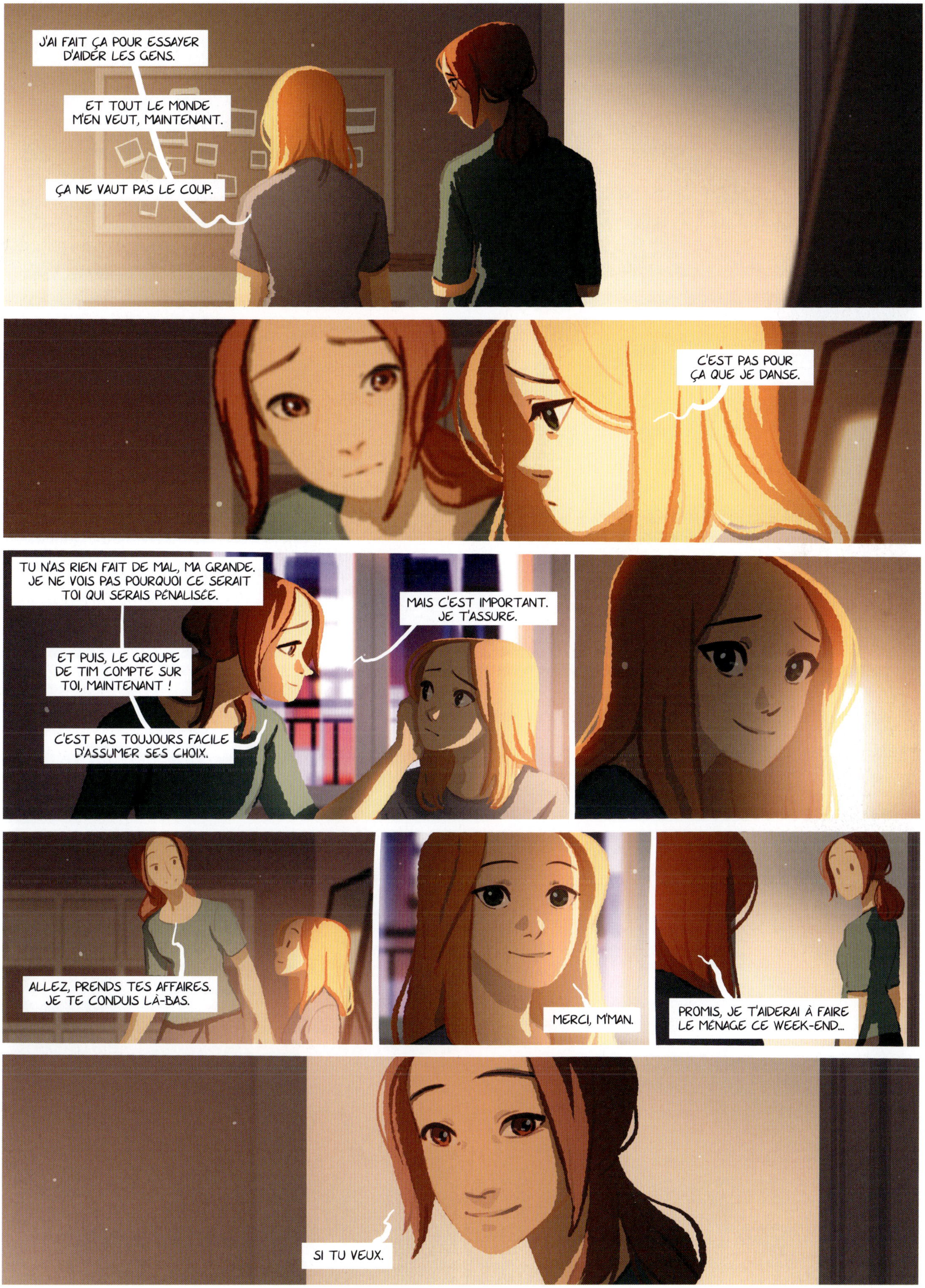

J'AI FAIT ÇA POUR ESSAYER D'AIDER LES GENS.
ET TOUT LE MONDE M'EN VEUT, MAINTENANT.
ÇA NE VAUT PAS LE COUP.
C'EST PAS POUR ÇA QUE JE DANSE.
TU N'AS RIEN FAIT DE MAL, MA GRANDE. JE NE VOIS PAS POURQUOI CE SERAIT TOI QUI SERAIS PÉNALISÉE.
ET PUIS, LE GROUPE DE TIM COMPTE SUR TOI, MAINTENANT !
C'EST PAS TOUJOURS FACILE D'ASSUMER SES CHOIX.
MAIS C'EST IMPORTANT. JE T'ASSURE.
ALLEZ, PRENDS TES AFFAIRES. JE TE CONDUIS LÀ-BAS.
MERCI, M'MAN.
PROMIS, JE T'AIDERAI À FAIRE LE MÉNAGE CE WEEK-END...
SI TU VEUX.

POUR CET ÉTÉ, ON A DÉCIDÉ DE PARTIR EN BRETAGNE AVEC SÉBASTIEN ET JULIE. ILS ONT UNE MAISON DE FAMILLE DANS LE MORBIHAN.
AH... L'ITALIE, ÇA TOMBE ENCORE À L'EAU, DU COUP ?
OUI. AU NIVEAU FINANCES, C'EST PAS TERRIBLE EN CE MOMENT. ON IRA L'ANNÉE PROCHAINE, PROMIS.
SINON... ÇA VA, TOI ? PAS TROP STRESSÉE PAR LES EXAMENS ?
ÇA VA.
JE TE DÉRANGE, C'EST ÇA ?
NON, JE SUIS FATIGUÉE, C'EST TOUT.
BON, JE TE LAISSE, M'MAN. À DEMAIN.
D'ACCORD. À DEMAIN, MA GRANDE. C'EST TON PÈRE QUI VIENDRA TE CHERCHER.
TA SOEUR VOULAIT FAIRE UN TRUC AVEC TOI EN VILLE. ÇA TE VA S'IL TE DÉPOSE DEVANT SON LYCÉE ?
OUI, OUI, PAS DE SOUCI.
BAOUM !
FLÛTE !!!

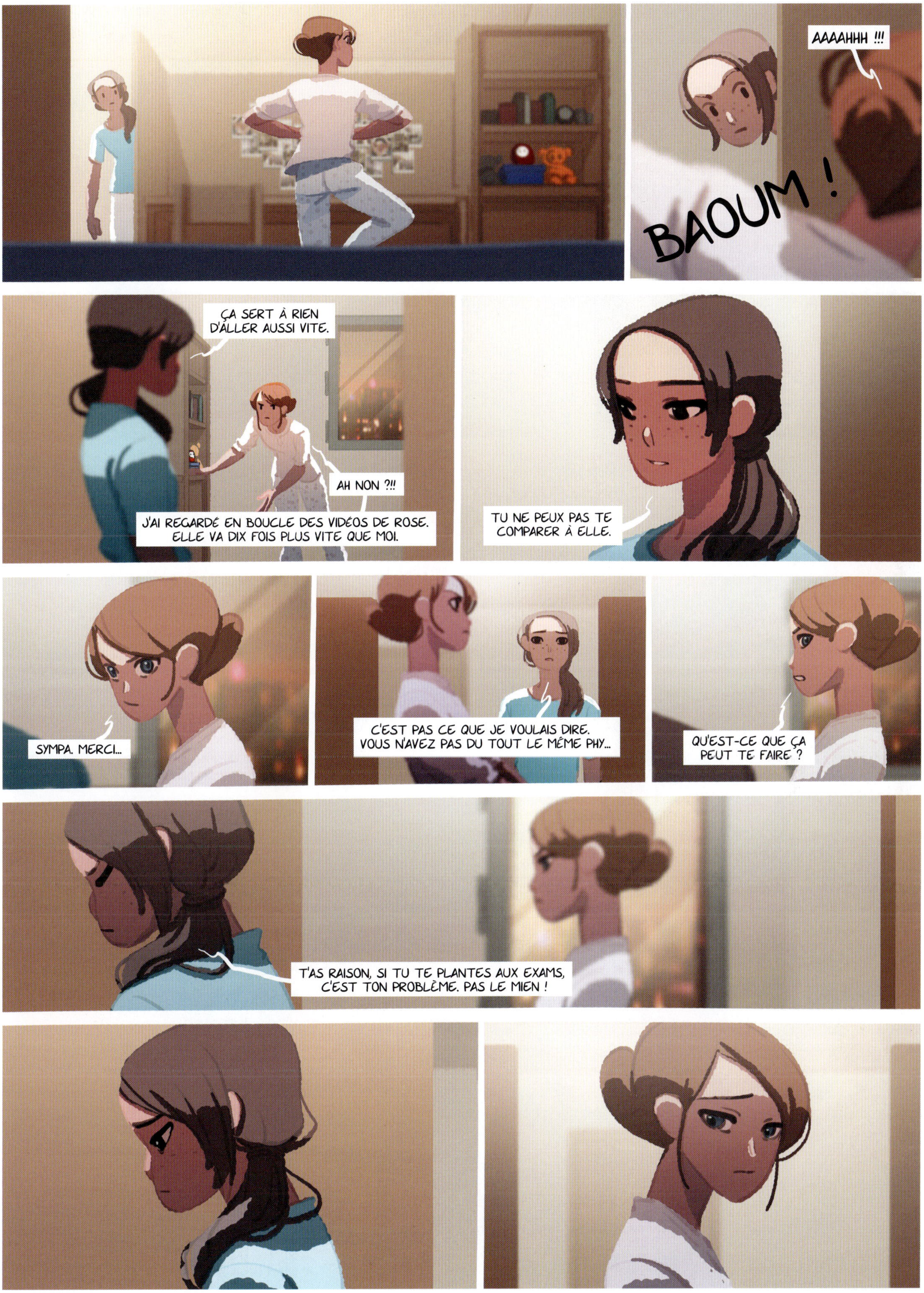
AAAAHHH !!!
BAOUM !
ÇA SERT À RIEN D'ALLER AUSSI VITE.
AH NON ?!!
J'AI REGARDÉ EN BOUCLE DES VIDÉOS DE ROSE. ELLE VA DIX FOIS PLUS VITE QUE MOI.
TU NE PEUX PAS TE COMPARER À ELLE.
SYMPA. MERCI...
C'EST PAS CE QUE JE VOULAIS DIRE. VOUS N'AVEZ PAS DU TOUT LE MÊME PHY...
QU'EST-CE QUE ÇA PEUT TE FAIRE ?
T'AS RAISON, SI TU TE PLANTES AUX EXAMS, C'EST TON PROBLÈME. PAS LE MIEN !

TROIS JOURS PLUS TARD.
T'ÉTAIS OÙ ? ÇA TE MINE TANT QUE ÇA QU'EMMA NE SOIT PAS LÀ ?!!
TU CROIS QU'ELLE REVIENDRA DANS LE GROUPE ?
AUCUNE IDÉE. À SA PLACE, JE NE SUIS PAS SÛR QUE J'HÉSITERAIS, À VRAI DIRE. ILS SONT DOUÉS.
ET C'EST PAS EN DANSANT COMME ÇA QU'ON LUI DONNERA ENVIE DE RESTER AVEC NOUS.

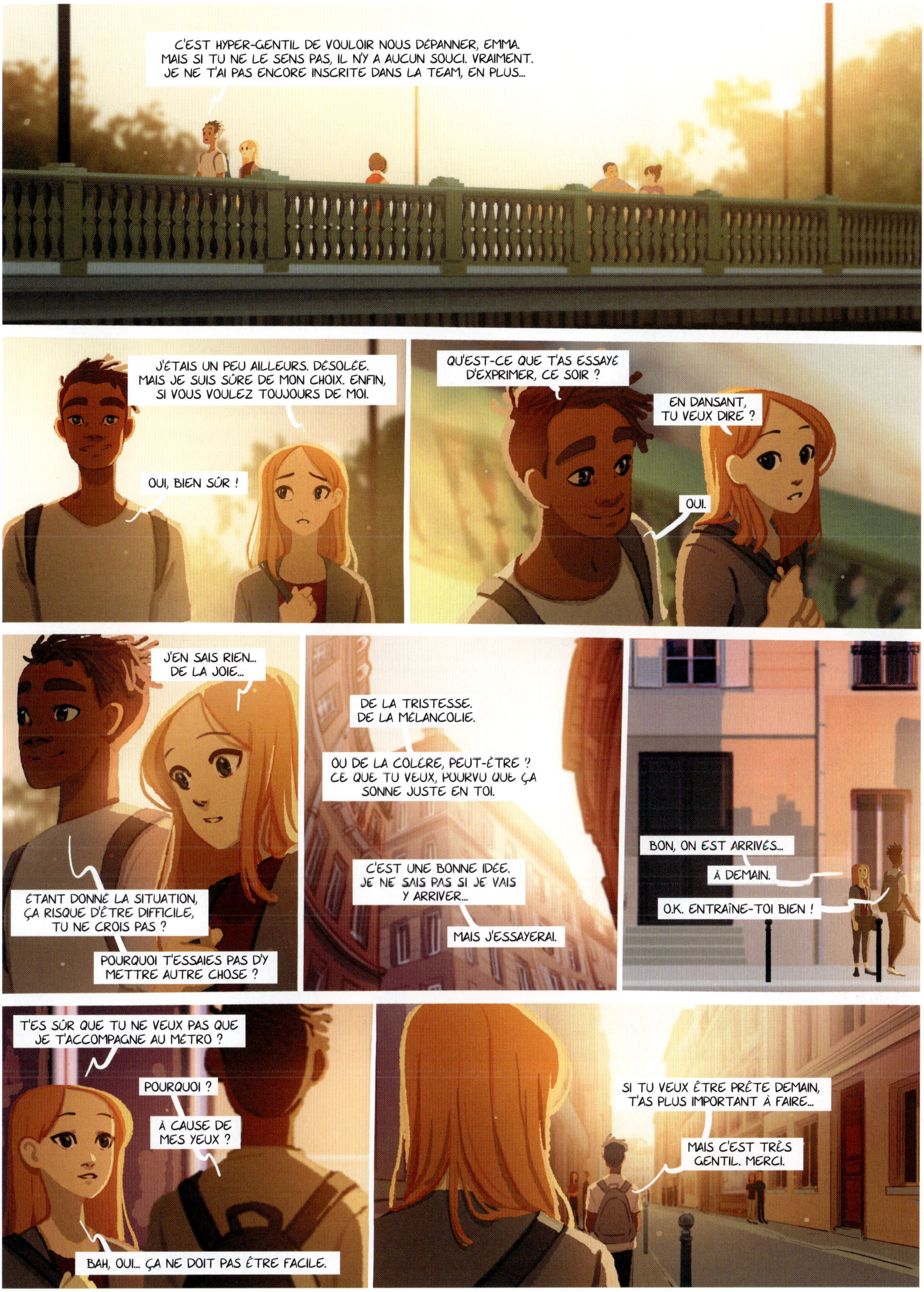
C'EST HYPER-GENTIL DE VOULOIR NOUS DÉPANNER, EMMA. MAIS SI TU NE LE SENS PAS, IL N'Y A AUCUN SOUCI. VRAIMENT. JE NE T'AI PAS ENCORE INSCRITE DANS LA TEAM, EN PLUS...
J'ÉTAIS UN PEU AILLEURS. DÉSOLÉE. MAIS JE SUIS SÛRE DE MON CHOIX. ENFIN, SI VOUS VOULEZ TOUJOURS DE MOI.
OUI, BIEN SÛR !
QU'EST-CE QUE T'AS ESSAYÉ D'EXPRIMER, CE SOIR ?
EN DANSANT, TU VEUX DIRE ?
OUI.
J'EN SAIS RIEN... DE LA JOIE...
ÉTANT DONNÉ LA SITUATION, ÇA RISQUE D'ÊTRE DIFFICILE, TU NE CROIS PAS ?
POURQUOI T'ESSAIES PAS D'Y METTRE AUTRE CHOSE ?
DE LA TRISTESSE. DE LA MÉLANCOLIE.
OU DE LA COLÈRE, PEUT-ÊTRE ? CE QUE TU VEUX, POURVU QUE ÇA SONNE JUSTE EN TOI.
C'EST UNE BONNE IDÉE. JE NE SAIS PAS SI JE VAIS Y ARRIVER...
MAIS J'ESSAYERAI.
BON, ON EST ARRIVÉS...
À DEMAIN.
O.K. ENTRAÎNE-TOI BIEN !
T'ES SÛR QUE TU NE VEUX PAS QUE JE T'ACCOMPAGNE AU MÉTRO ?
POURQUOI ?
À CAUSE DE MES YEUX ?
BAH, OUI... ÇA NE DOIT PAS ÊTRE FACILE.
SI TU VEUX ÊTRE PRÊTE DEMAIN, T'AS PLUS IMPORTANT À FAIRE...
MAIS C'EST TRÈS GENTIL. MERCI.

ÉCOLE DE DANSE DE L'OPÉRA.
TU VAS TROP VITE, CAPUCINE.
C'EST POUR ÇA QUE TU N'ARRIVES PAS À CONTRÔLER TON MOUVEMENT.
QUAND JE DONNE MOINS D'ÉLAN, C'EST PIRE.
IL ME MANQUE TOUJOURS UN QUART DE TOUR.
LA VITESSE N'A RIEN À VOIR LÀ-DEDANS. REGARDE.
CE QUI COMPTE, C'EST DE NE PAS PERDRE TON AXE. ET POUR ÇA, IL FAUT SAVOIR DOSER L'ÉNERGIE.
TU N'AS PAS BESOIN D'EN METTRE AUTANT.
TU COMPRENDS ?
ARRÊTE D'INTELLECTUALISER LES CHOSES ET FAIS CONFIANCE À TON CORPS.
IL TROUVERA LA SOLUTION, NE T'INQUIÈTE PAS.
BRAVO, LES FILLES ! VOUS AVEZ BIEN BOSSÉ. QUOI QUE VOUS PUISSIEZ PENSER, VOUS N'AVEZ PAS À STRESSER POUR L'EXAMEN. VOUS ÊTES PRÊTES !
REPOSEZ-VOUS, MAINTENANT... ET BON WEEK-END !

ALORS, PRÊTE POUR LE GRAND JOUR ?
OUI...
C'EST UN PETIT OUI, ÇA.
IL Y A QUELQUE CHOSE QUI NE VA PAS ?
...
CE SERAIT QUAND MÊME PLUS PRATIQUE SI TU PRENAIS UN SAC À DOS.
CE SERAIT SURTOUT PLUS PRATIQUE SI TU VENAIS ME CHERCHER EN VOITURE...
JE SUIS EN VOITURE. JE PEUX DÉPOSER LA VALISE CHEZ VOUS DEMAIN, SI VOUS VOULEZ...
C'EST PAS DE REFUS.
MERCI !
VOUS ÊTES FÂCHÉES ?
UN PEU...
À MON ÉPOQUE, IL Y AVAIT DEUX CHOSES QUI SÉPARAIENT LES FILLES... L'AFFICHAGE DES DISTRIBUTIONS ET LES GARÇONS.
COMME IL N'Y A PLUS DE SPECTACLE, J'IMAGINE QUE C'EST À CAUSE D'UN GARÇON...

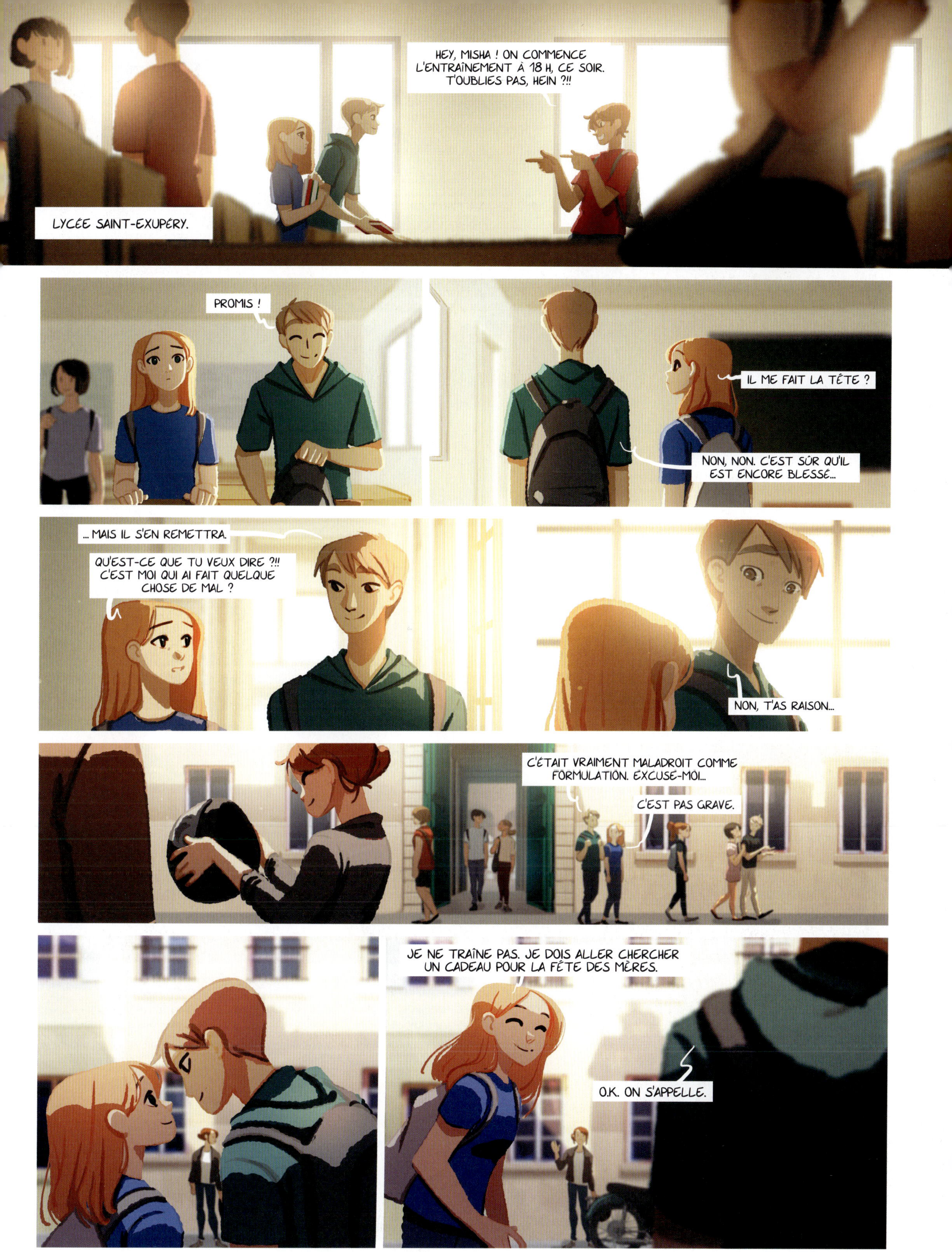
LYCÉE SAINT-EXUPÉRY.
HEY, MISHA ! ON COMMENCE L'ENTRAÎNEMENT À 18 H, CE SOIR. T'OUBLIES PAS, HEIN ?!!
PROMIS !
IL ME FAIT LA TÊTE ?
NON, NON. C'EST SÛR QU'IL EST ENCORE BLESSÉ...
... MAIS IL S'EN REMETTRA.
QU'EST-CE QUE TU VEUX DIRE ?!! C'EST MOI QUI AI FAIT QUELQUE CHOSE DE MAL ?
NON, T'AS RAISON...
C'ÉTAIT VRAIMENT MALADROIT COMME FORMULATION. EXCUSE-MOI...
C'EST PAS GRAVE.
JE NE TRAÎNE PAS. JE DOIS ALLER CHERCHER UN CADEAU POUR LA FÊTE DES MÈRES.
O.K. ON S'APPELLE.

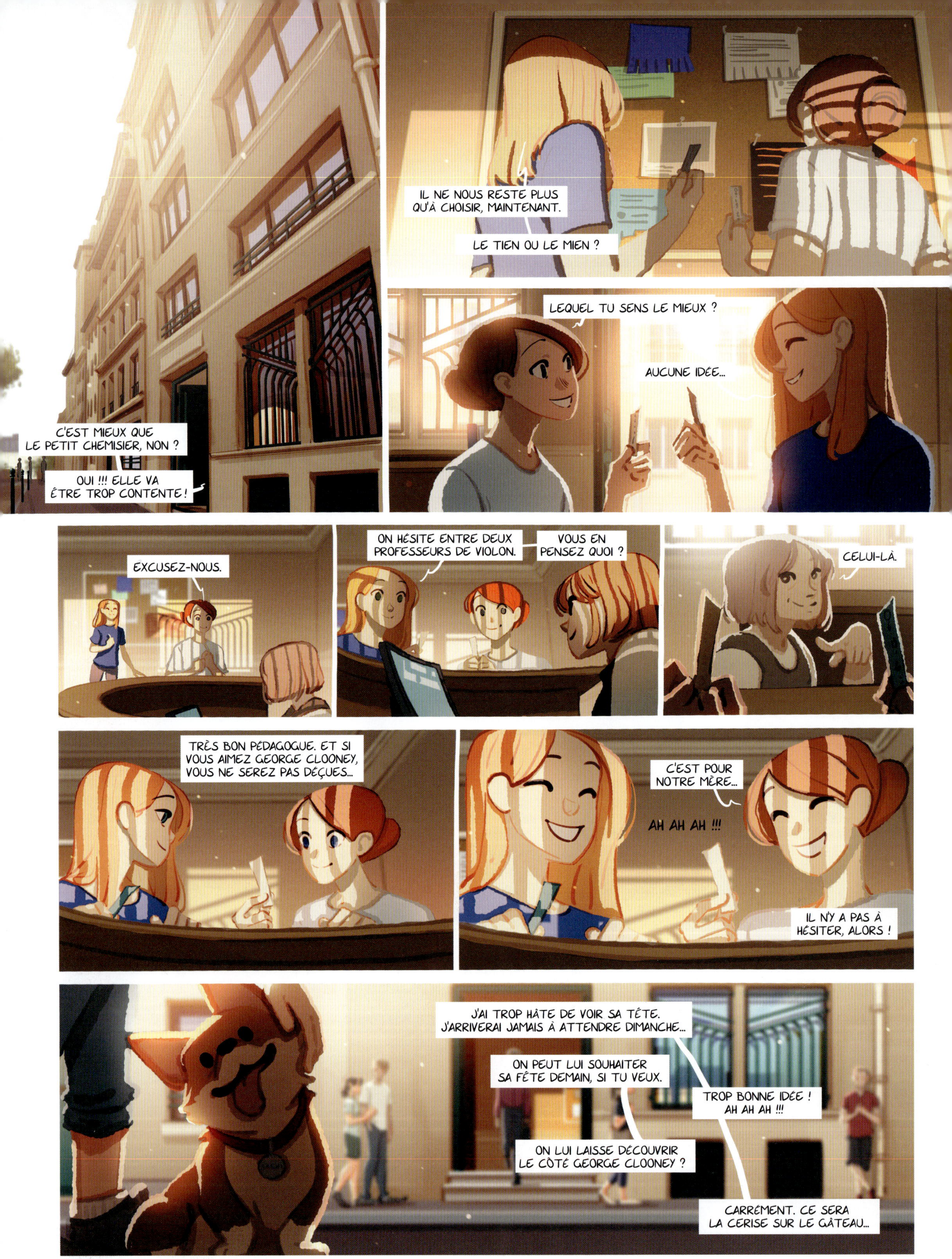
C'EST MIEUX QUE LE PETIT CHEMISIER, NON ?
OUI !!! ELLE VA ÊTRE TROP CONTENTE !
IL NE NOUS RESTE PLUS QU'À CHOISIR, MAINTENANT.
LE TIEN OU LE MIEN ?
LEQUEL TU SENS LE MIEUX ?
AUCUNE IDÉE...
EXCUSEZ-NOUS.
ON HÉSITE ENTRE DEUX PROFESSEURS DE VIOLON.
VOUS EN PENSEZ QUOI ?
CELUI-LÀ.
TRÈS BON PÉDAGOGUE. ET SI VOUS AIMEZ GEORGE CLOONEY, VOUS NE SEREZ PAS DÉÇUES...
C'EST POUR NOTRE MÈRE...
AH AH AH !!!
IL N'Y A PAS À HÉSITER, ALORS !
J'AI TROP HÂTE DE VOIR SA TÊTE. J'ARRIVERAI JAMAIS À ATTENDRE DIMANCHE...
ON PEUT LUI SOUHAITER SA FÊTE DEMAIN, SI TU VEUX.
TROP BONNE IDÉE ! AH AH AH !!!
ON LUI LAISSE DÉCOUVRIR LE CÔTÉ GEORGE CLOONEY ?
CARRÉMENT. CE SERA LA CERISE SUR LE GÂTEAU...

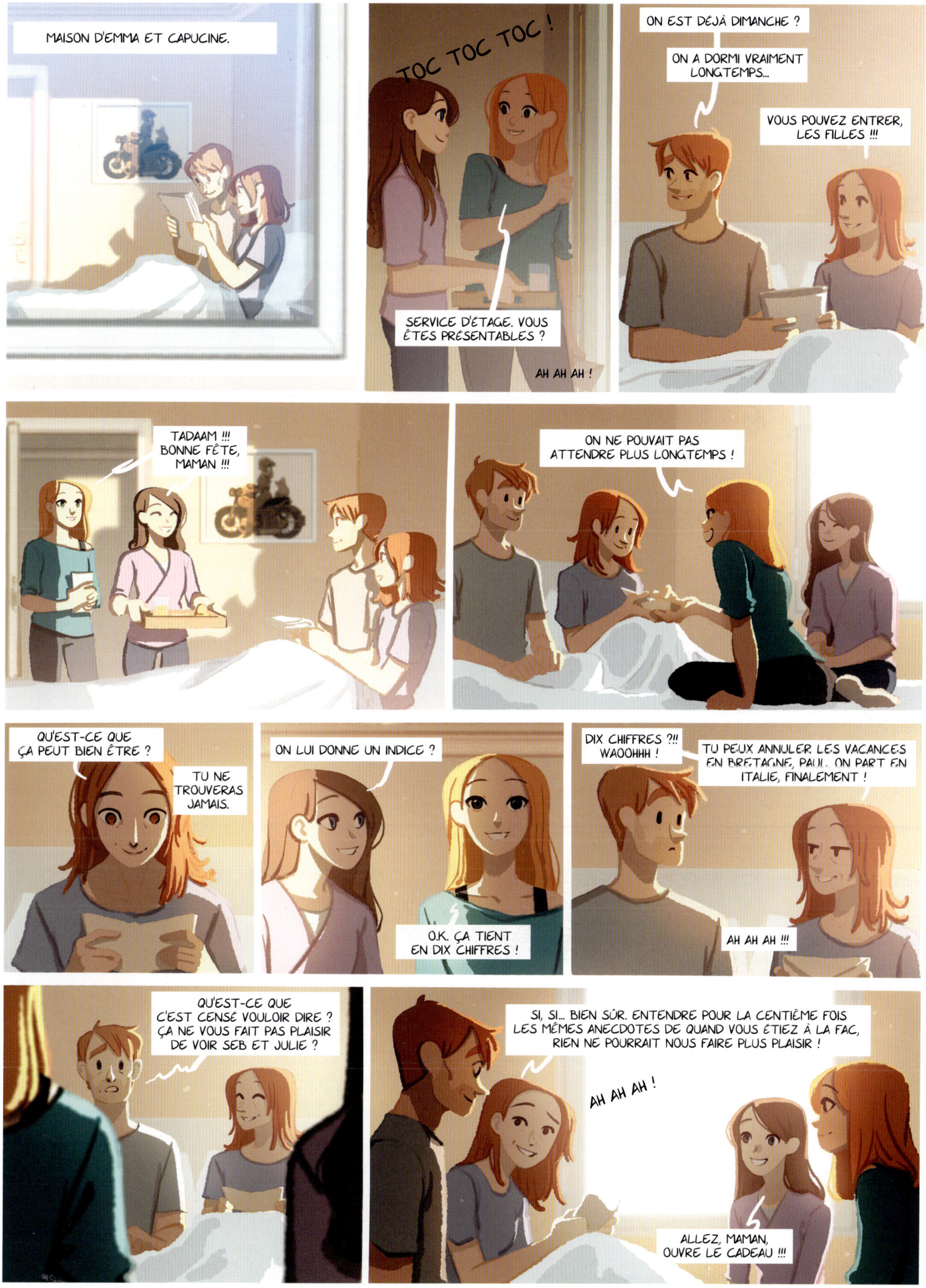

MAISON D'EMMA ET CAPUCINE.
TOC TOC TOC !
SERVICE D'ÉTAGE. VOUS ÊTES PRÉSENTABLES ?
AH AH AH !
ON EST DÉJÀ DIMANCHE ?
ON A DORMI VRAIMENT LONGTEMPS...
VOUS POUVEZ ENTRER, LES FILLES !!!
TADAAM !!! BONNE FÊTE, MAMAN !!!
ON NE POUVAIT PAS ATTENDRE PLUS LONGTEMPS !
QU'EST-CE QUE ÇA PEUT BIEN ÊTRE ?
TU NE TROUVERAS JAMAIS.
ON LUI DONNE UN INDICE ?
O.K. ÇA TIENT EN DIX CHIFFRES !
DIX CHIFFRES ?!! WAOOHHH !
TU PEUX ANNULER LES VACANCES EN BRETAGNE, PAUL. ON PART EN ITALIE, FINALEMENT !
AH AH AH !!!
QU'EST-CE QUE C'EST CENSÉ VOULOIR DIRE ? ÇA NE VOUS FAIT PAS PLAISIR DE VOIR SEB ET JULIE ?
SI, SI... BIEN SÛR. ENTENDRE POUR LA CENTIÈME FOIS LES MÊMES ANECDOTES DE QUAND VOUS ÉTIEZ À LA FAC, RIEN NE POURRAIT NOUS FAIRE PLUS PLAISIR !
AH AH AH !
ALLEZ, MAMAN, OUVRE LE CADEAU !!!

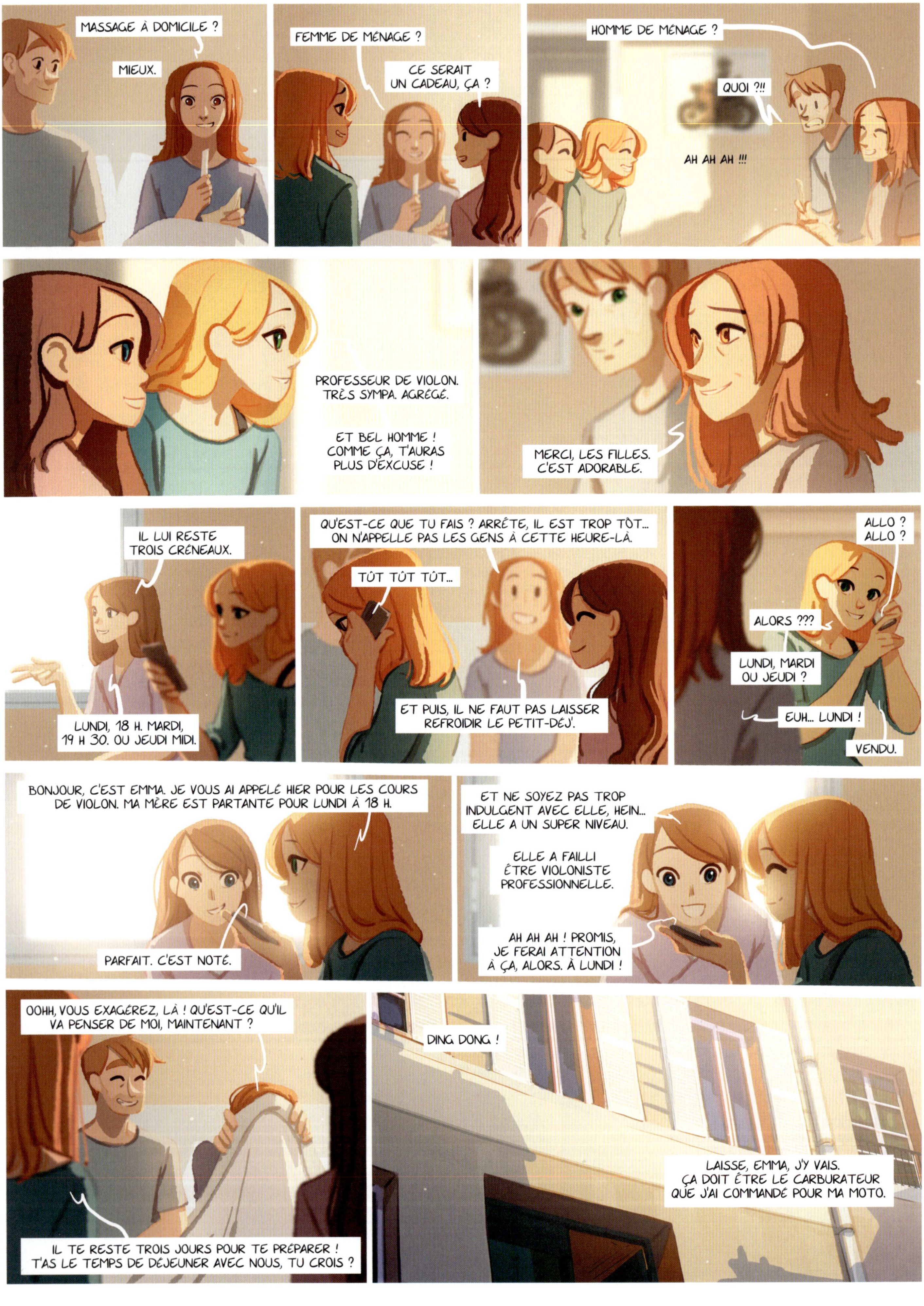
MASSAGE À DOMICILE ?
MIEUX.
FEMME DE MÉNAGE ?
CE SERAIT UN CADEAU, ÇA ?
HOMME DE MÉNAGE ?
QUOI ?!!
AH AH AH !!!
PROFESSEUR DE VIOLON. TRÈS SYMPA. AGRÉGÉ.
ET BEL HOMME ! COMME ÇA, T'AURAS PLUS D'EXCUSE !
MERCI, LES FILLES. C'EST ADORABLE.
IL LUI RESTE TROIS CRÉNEAUX.
LUNDI, 18 H. MARDI, 19 H 30. OU JEUDI MIDI.
QU'EST-CE QUE TU FAIS ? ARRÊTE, IL EST TROP TÔT... ON N'APPELLE PAS LES GENS À CETTE HEURE-LÀ.
TÛT TÛT TÛT...
ET PUIS, IL NE FAUT PAS LAISSER REFROIDIR LE PETIT-DÉJ'.
ALLO ? ALLO ?
ALORS ???
LUNDI, MARDI OU JEUDI ?
EUH... LUNDI !
VENDU.
BONJOUR, C'EST EMMA. JE VOUS AI APPELÉ HIER POUR LES COURS DE VIOLON. MA MÈRE EST PARTANTE POUR LUNDI À 18 H.
PARFAIT. C'EST NOTÉ.
ET NE SOYEZ PAS TROP INDULGENT AVEC ELLE, HEIN... ELLE A UN SUPER NIVEAU.
ELLE A FAILLI ÊTRE VIOLONISTE PROFESSIONNELLE.
AH AH AH ! PROMIS, JE FERAI ATTENTION À ÇA, ALORS. À LUNDI !
OOHH, VOUS EXAGÉREZ, LÀ ! QU'EST-CE QU'IL VA PENSER DE MOI, MAINTENANT ?
IL TE RESTE TROIS JOURS POUR TE PRÉPARER ! T'AS LE TEMPS DE DÉJEUNER AVEC NOUS, TU CROIS ?
DING DONG !
LAISSE, EMMA, J'Y VAIS. ÇA DOIT ÊTRE LE CARBURATEUR QUE J'AI COMMANDÉ POUR MA MOTO.

EH BEN, C'EST PAS TROP TÔT.
J'ATTENDS LA PIÈCE DEPUIS UNE...
OUPS.
ON EST VENUES VOUS RAPPORTER LA VALISE DE CAPUCINE. ON VOUS DÉRANGE, PEUT-ÊTRE ?
NON... ENTREZ.
CAPUCINE, IL Y A TA COPINE QUI EST LÀ.
PAPA, HABILLE-TOI !
JE PENSAIS QUE C'ÉTAIT...
LE CARBURATEUR POUR TA MOTO. J'AI COMPRIS... SAUF QUE C'EST PAS ÇA.
J'ENFILE UN PANTALON ET JE VOUS SERS UN CAFÉ.
SALUT.
SALUT.
NE VOUS DÉRANGEZ PAS, ÇA IRA.
JE T'AI APPORTÉ ÇA. J'ESPÈRE QUE ÇA T'AIDERA.
SI, SI... JE REVIENS TOUT DE SUITE.
C'EST QUOI ?
JE T'AI MIS PLEIN DE VIDÉOS DE DANSEUSES QUI ONT UN PHYSIQUE PROCHE DU TIEN.

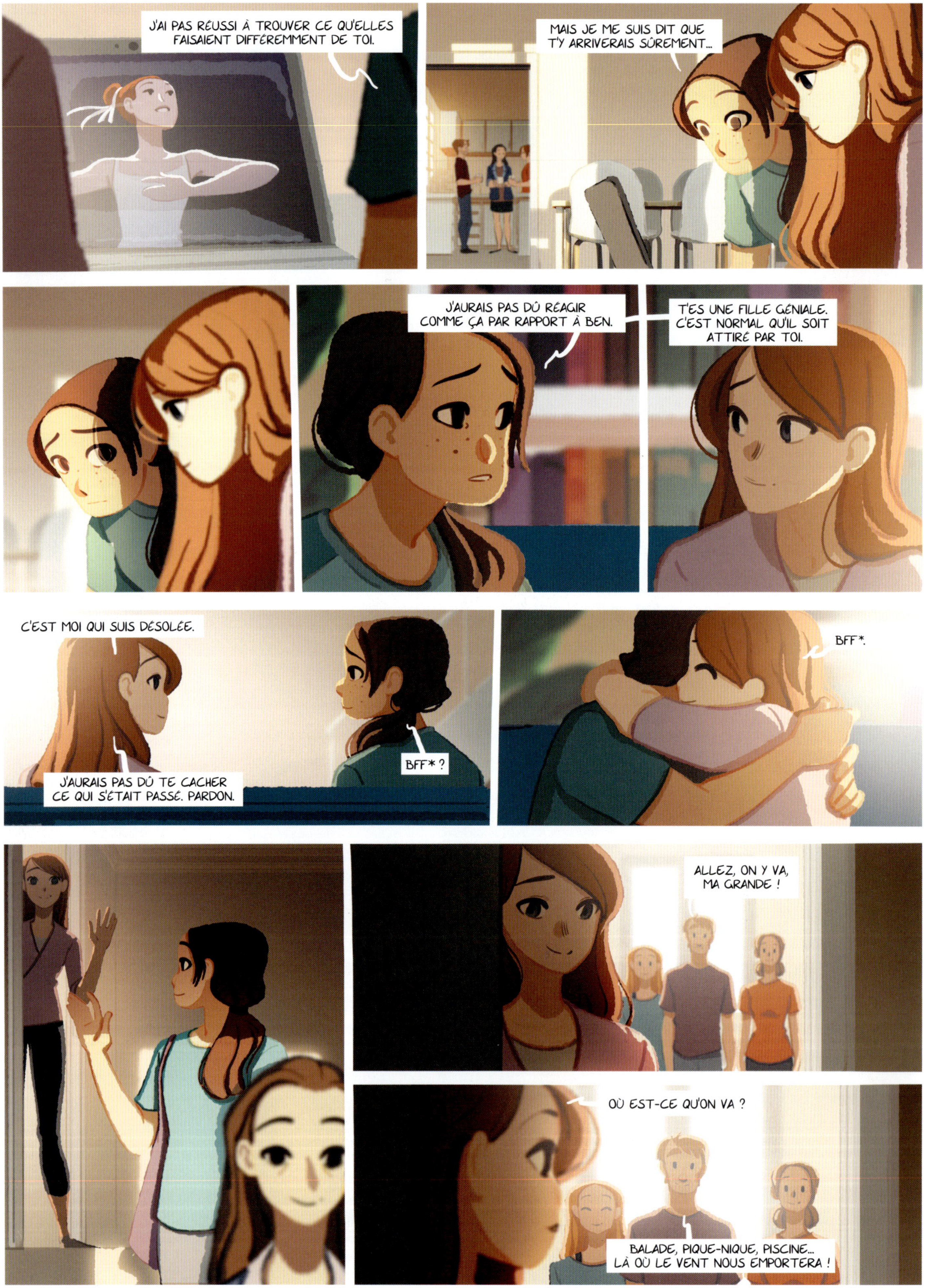

* BFF : BEST FRIEND FOREVER - MEILLEURES AMIES DU MONDE.

Cookies

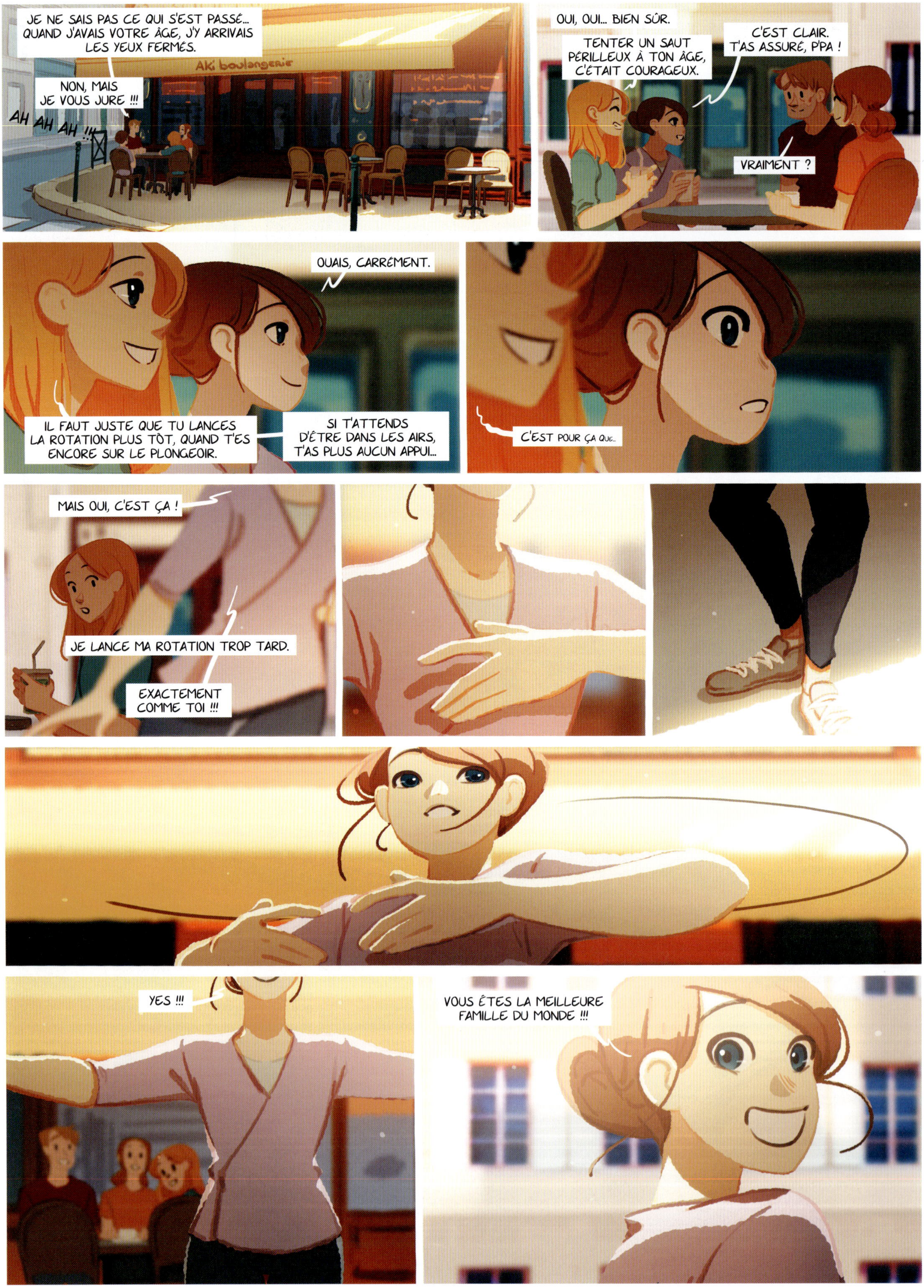
JE NE SAIS PAS CE QUI S'EST PASSÉ... QUAND J'AVAIS VOTRE ÂGE, J'Y ARRIVAIS LES YEUX FERMÉS.
NON, MAIS JE VOUS JURE !!!
AH AH AH !!!
AKi boulangerie
OUI, OUI... BIEN SÛR.
TENTER UN SAUT PÉRILLEUX À TON ÂGE, C'ÉTAIT COURAGEUX.
C'EST CLAIR. T'AS ASSURÉ, P'PA !
VRAIMENT ?
OUAIS, CARRÉMENT.
IL FAUT JUSTE QUE TU LANCES LA ROTATION PLUS TÔT, QUAND T'ES ENCORE SUR LE PLONGEOIR.
SI T'ATTENDS D'ÊTRE DANS LES AIRS, T'AS PLUS AUCUN APPUI...
C'EST POUR ÇA QUE...
MAIS OUI, C'EST ÇA !
JE LANCE MA ROTATION TROP TARD.
EXACTEMENT COMME TOI !!!
YES !!!
VOUS ÊTES LA MEILLEURE FAMILLE DU MONDE !!!

ÉCOLE DE DANSE DE L'OPÉRA.
SALLE DE SPECTACLE.

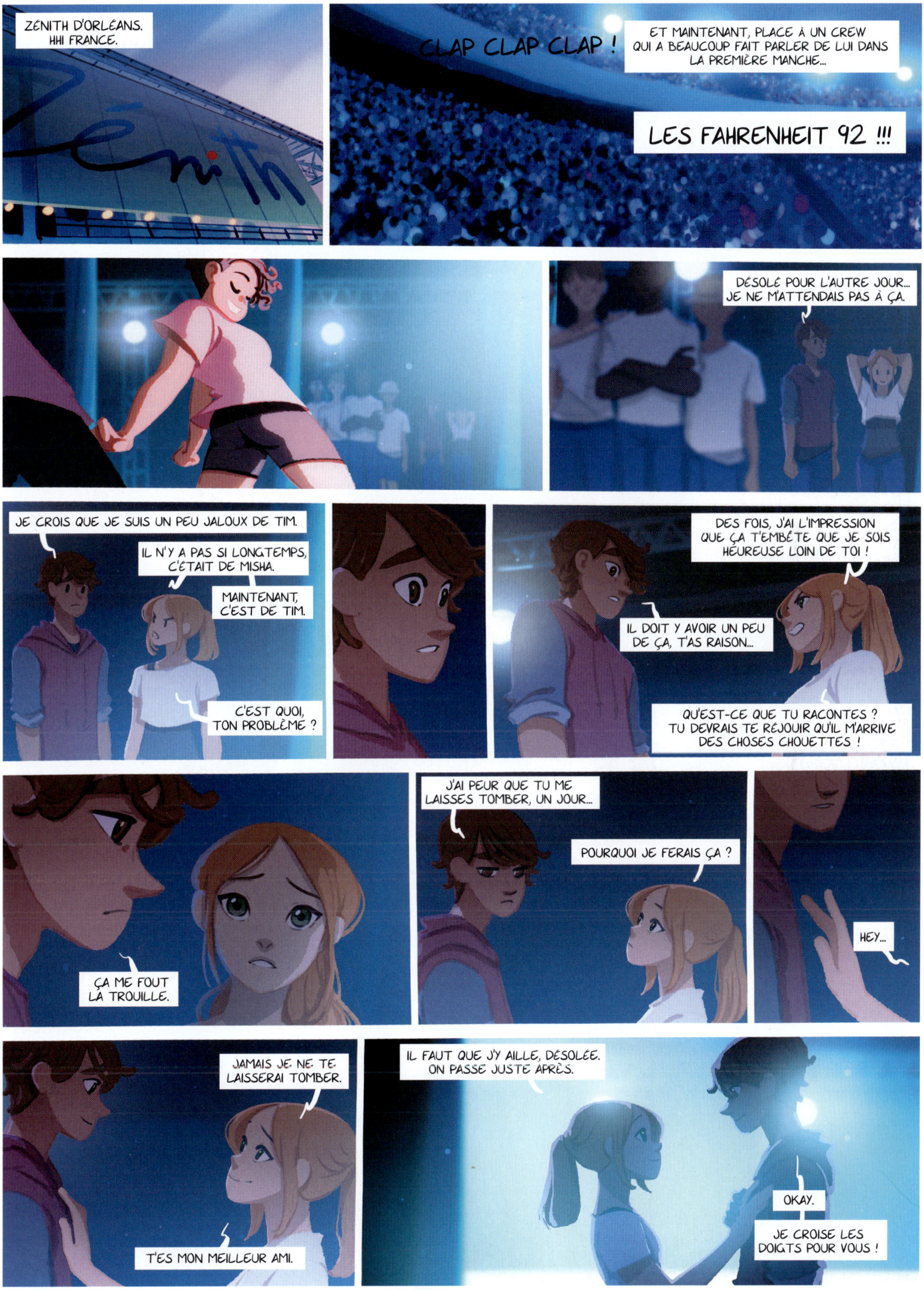
ZÉNITH D'ORLÉANS.
HHI FRANCE.
Zénith
CLAP CLAP CLAP !
ET MAINTENANT, PLACE À UN CREW QUI A BEAUCOUP FAIT PARLER DE LUI DANS LA PREMIÈRE MANCHE...
LES FAHRENHEIT 92 !!!
DÉSOLÉ POUR L'AUTRE JOUR... JE NE M'ATTENDAIS PAS À ÇA.
JE CROIS QUE JE SUIS UN PEU JALOUX DE TIM.
IL N'Y A PAS SI LONGTEMPS, C'ÉTAIT DE MISHA.
MAINTENANT, C'EST DE TIM.
C'EST QUOI, TON PROBLÈME ?
DES FOIS, J'AI L'IMPRESSION QUE ÇA T'EMBÊTE QUE JE SOIS HEUREUSE LOIN DE TOI !
IL DOIT Y AVOIR UN PEU DE ÇA, T'AS RAISON...
QU'EST-CE QUE TU RACONTES ? TU DEVRAIS TE RÉJOUIR QU'IL M'ARRIVE DES CHOSES CHOUETTES !
ÇA ME FOUT LA TROUILLE.
J'AI PEUR QUE TU ME LAISSES TOMBER, UN JOUR...
POURQUOI JE FERAIS ÇA ?
HEY...
JAMAIS JE NE TE LAISSERAI TOMBER.
T'ES MON MEILLEUR AMI.
IL FAUT QUE J'Y AILLE, DÉSOLÉE. ON PASSE JUSTE APRÈS.
OKAY.
JE CROISE LES DOIGTS POUR VOUS !

POURQUOI TU FAIS CETTE TÊTE-LÀ ?
LA 2E PLACE, C'EST GÉNIAL !
TU SERAS SUR LA PLUS HAUTE MARCHE L'ANNÉE PROCHAINE, TU VERRAS !
ÇA, J'EN DOUTE...
L'ANNÉE PROCHAINE, JE PASSE DANS LA CATÉGORIE ADULTES. LA COUR DES GRANDS.
TOI, T'AS TOUTES TES CHANCES, PAR CONTRE...
EMMA !!!!
EMMMMAAA !!!!
BON, BEN, DÉSOLÉ...
JE PENSAIS VRAIMENT QU'ON SERAIT SUR LE PODIUM, NOUS AUSSI.
LA 4E PLACE POUR UNE PREMIÈRE PARTICIPATION, C'EST GÉNIAL.
PREMIÈRE ? ÇA VEUT DIRE QU'IL Y EN AURA D'AUTRES ?
JE SAIS PAS TROP. FAUT VOIR...

2E ÉTAGE, PORTE À GAUCHE.
BONJOUR...
DAVID ?!!
NOÉMIE !
TU AS DEUX FILLES, ALORS ?
OUI...
ET TOI ?
MOI, JE N'AI QUE MES VIOLONS.
JE N'AI JAMAIS RETROUVÉ QUELQU'UN AVEC QUI J'AURAIS AIMÉ FAIRE MA VIE.
T'AS PAS CHANGÉ.
TOI NON PLUS...